这辈子 没有一天 活得轻松

WRITTEN AND ILLUSTRATED BY

【韩】朴光洙 著

千太阳 译

中国出版集团 现代出版社

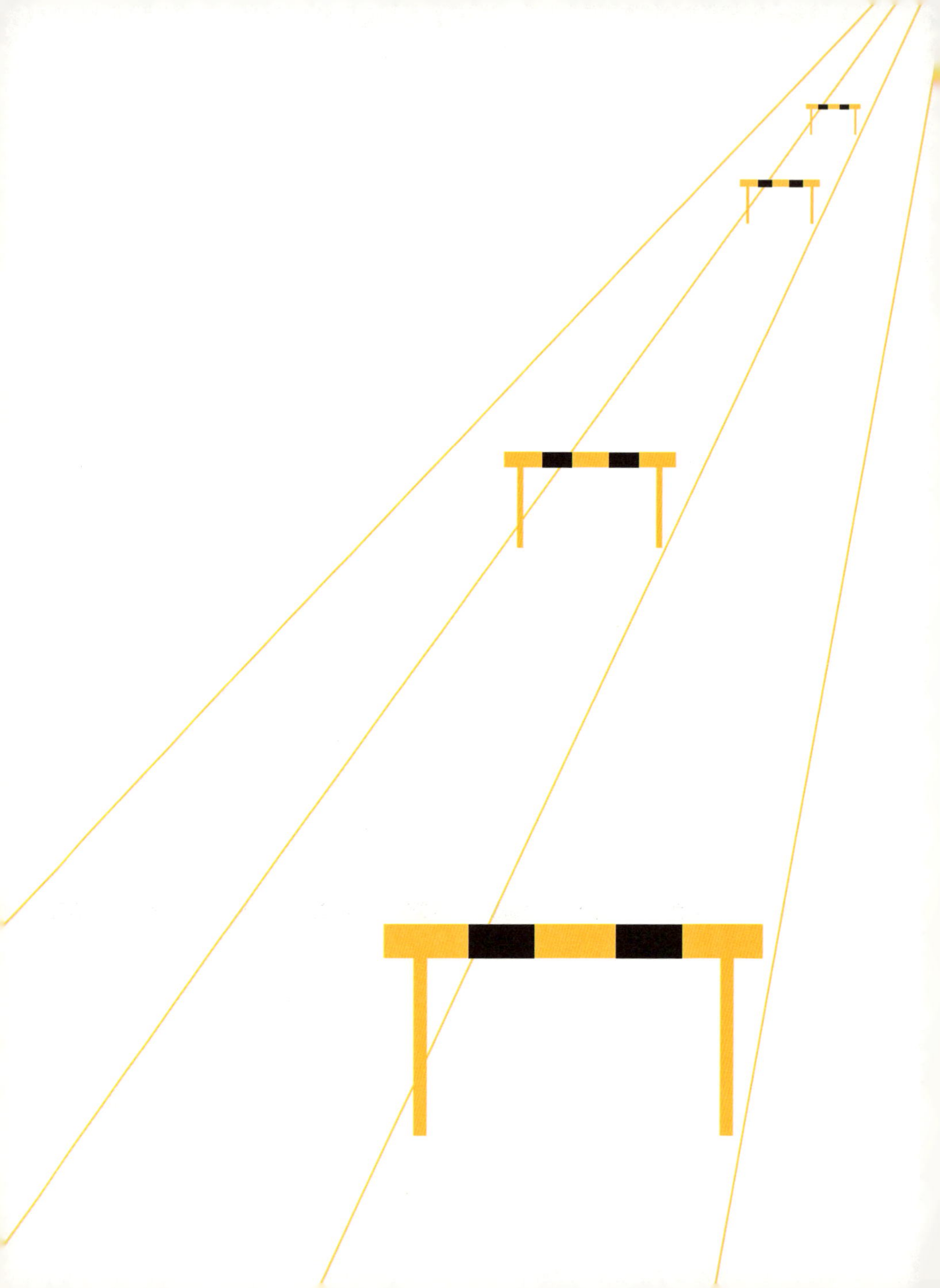

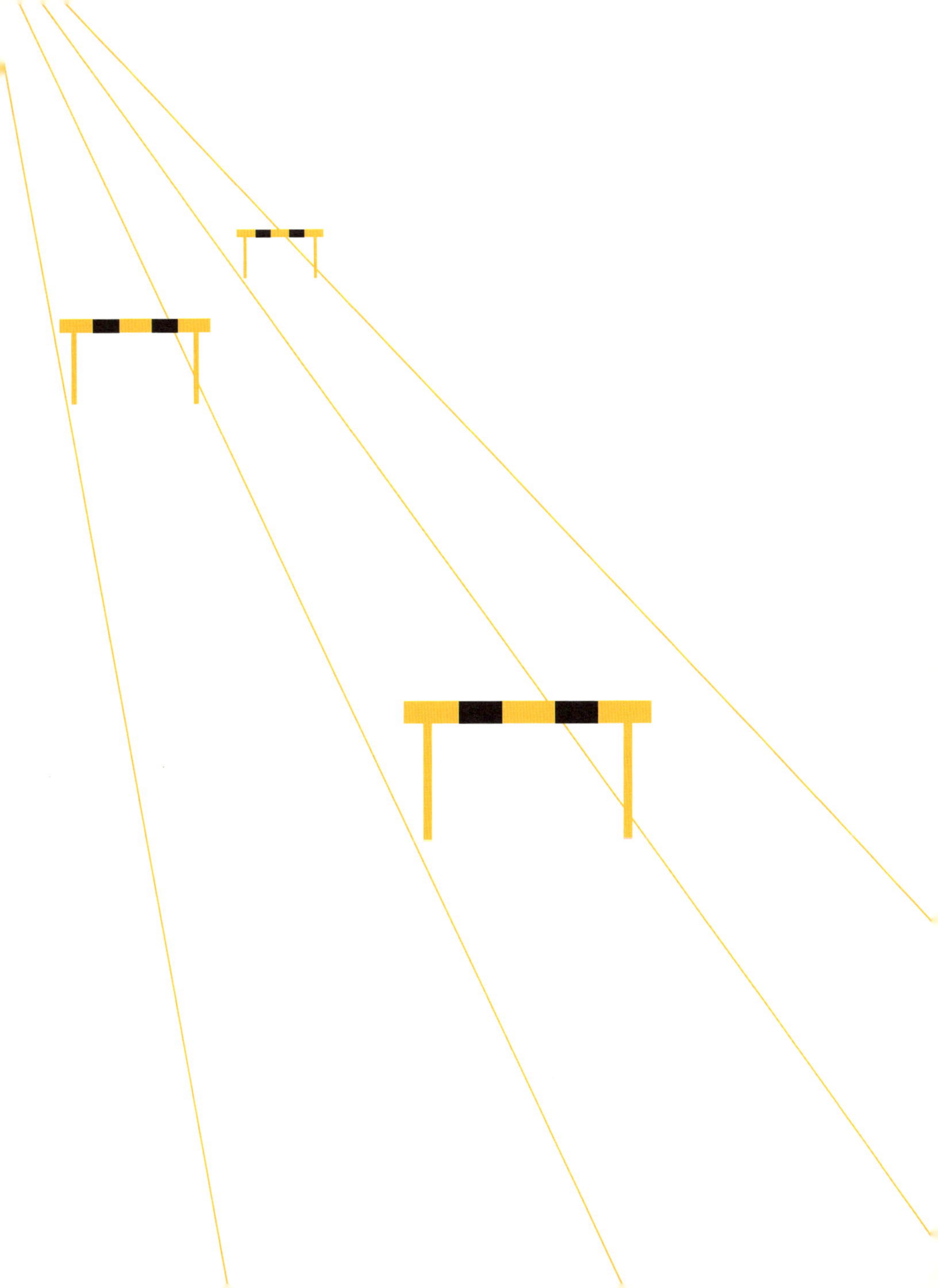

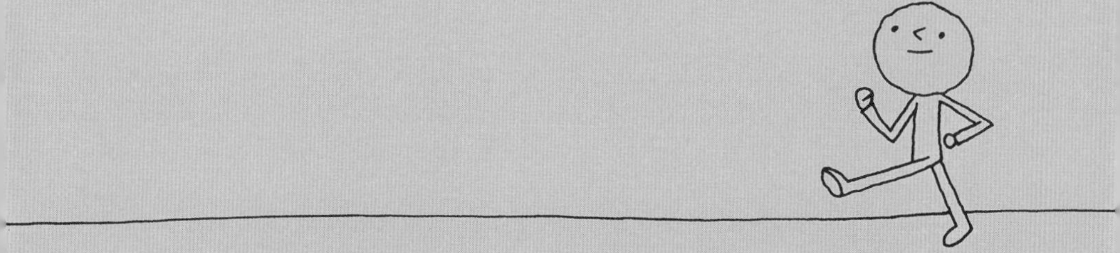

懵懵懂懂的小时候

是多么美好。

即使前方有沟壑也
没关系，因为我
都能逾越。

即使偶尔会被

小困难绊倒。

一直守候在我身边的父母

也会走过来，

拉着我的小手把我扶起。

不知不觉，我已长
大成人，需要依靠
自己的力量，克服
所有的困难。

翻越。翻越。再翻越。即使不停地翻越也看不到尽头的人生障碍物。

这辈子没有一天
活得轻松。

但我不会放弃！
我会克服所有困难，
不停地前进前进再
前进！

序言 PROLOGUE

还记得那个夕阳西下的傍晚，在回家的上坡路上，我一边喘着粗气，一边悄悄安慰自己："终于挺过去了。坚持到现在，真是辛苦了！"

不认识我的人，以及认识我的人，作为旁观者的他们都认为我是个一直生活得很快乐的人。但是，事实并不像他们所想的那样。自从过了天真烂漫的童年时期，从能够感受到生活重担的年纪开始，"坚持"就成了我的人生基调，我曾经无数次默默地在心里重复着"无论如何也要坚持迈过这一步"，就这样在不停的坚持中生活着。这是深深印在我内心的一句话，当我死后，如果有人能够打开我的心看一看，应该就会看到在我的心脏上深深印刻着"坚持"二字。

在坚持不懈中，我到底翻越了多少座山？怕是早已数不清，但是只要一想到“未来我的人生中还有多少不得不翻越过去的难关呢”，一种茫然感就会瞬间传遍全身，连指尖都能够感受到阵阵酸麻。的确，在那些已经成为过去的难关里，有一些是只需要一点忍耐就可以克服的小困难，但是还有一部分会带给你“我已经到达极限了”的感觉，会让你想要选择放弃。虽然有人会说“因为看不到尽头，所以才会感觉辛苦。如果知道了终点在哪里，坚持起来就会轻松一些”。但是，我并不这么认为。如果有人明确地跟我说“这份痛苦将会在你身上持续多久”的话，我在听到那句话的瞬间，可能就无法忍受剩余的痛苦，可能就会趁早放弃我的正常生活。但是，正因为“只要坚持过今天，明天一切就会好起来”的自我安慰存在，让我克服了无数困难，走过了这并不容易的漫长岁月。

我就这样迎接着一个又一个的今天：每一个夜晚，怀着一颗满是创口的心脏艰难入睡；每一次睁眼，都要面对满是艰难困苦的“今天”，却仍小心翼翼期盼着一个更好的明天。每一天都这样努力着、坚持着。

我曾经在一辆出租车上，看到后视镜上挂着这样一幅画，画中有一个少女正跪在地上虔诚地祈祷着，上面还写着这样一句话：“希望今天也一切顺利！”

对我来说这是一句箴言，也许正是这一句话，指引着我走到现在。现在，我已经很清楚平静无事的一天是多么快乐，是多么值得庆幸。

不知从何时起，我的名片上印着的不再是“漫画家”这三个字，而是变成了“无规则综合格斗文化家”。看到我名片的人大部分都会惊讶地问：“你还会做综合格斗吗？”虽然我每次都会笑着回答他们说“这句话表示的是，只要有钱赚什么事都可以做”，但是在名片的后面写着“对我来说这个世界就是擂台”。漫长的岁月，虽然留给我的只有布满疤痕的肉身和饱受摧残的心脏，但是我是绝对不会轻易倒下。我会阻挡向我打来的无数拳头，同时，必定会重拳出击，挥向前方。虽然已经累得筋疲力尽，但是我也依然会坚持到最后，只要我愿意，我会凭借自己的力量一直站在擂台上。

就像是今天，
作为另一个今天，
明天也会如此。

只要坚持扛过今天，
就会迎来美好的明天，
只要扛过今天
……

偶尔阴

阴

一

有时候，善良的真心也会被亵渎。
何况，所谓的真心，如果没有善良包含在内更容易被误解。
即使如此，也没有必要太执着于真心。
这时，可以期望时间来帮我们解决一切，
如果时间也没有办法解决，也没有必要为了证明这些而浪费自己宝贵的时间。

放置不管。
有很多时候不需要把事情都放到明面，
也不需要回望，什么都不做，放置不管反而是最好的方法。
起码对我来说是这样的。
为了做证费力地揭露，虽然有时候也会证明是真心，
但是这些真心最终都会消失得无影无踪，留给大家的只是伤害而已。
所以放置不管，是正确的。
起码对我来说是这样的。

像广告里说的那样，
什么都不想做，
虽然已经什么都不做了。
但总有那么一天，想要更彻底地什么都不做。
要做的事情和亟须完成的事情堆积如山，
但我想蜷缩在家里的某个角落，
静静地享受着从窗户飘进来的风，
虚无地消磨着时间。
每当这个时候，
就希望有人能够向自己伸出援助之手。

真想让某个有名饭店里那个骂人的高手奶奶，
把她的才能传授给我，
好让我重新打起精神来。

3

hurdle

应该端正地生活。
应该善良地生活。
应该宽容地生活。
应该正直地生活。

可是，
这只不过是那些
没法端正、善良、宽容、正直生活的人们无法
实现的决心而已。

对于和自己有约定的人来说，
对于要端正、善良、宽容、正直地生活的人来说，
这个世界太可怕了。

4

hurdle

“大哥，我的妈妈也被医院确诊为老年痴呆了。”
一个跟我很熟的弟弟带着满脸阴沉的表情，
像是对我告白一样慢慢地说。
听到他的话之后，我想起了在医院里的妈妈。
“从现在开始，多与妈妈一起创造美好的回忆吧，
唯有这样，后悔才会减轻一些。”
听完我的话，他毅然决然地说：
“嗯，为了妈妈，我一定会这么做。”
我一边摇着头一边纠正他的话，

“不，这并不是为了你的妈妈，而是为了你！”

5

hurdle

每当生气的时候，
或心情不佳的时候，
我不会坐在书桌前面写文章。
因为那个时候，
写出来的都是些不美好的句子。

同样，每当生气的时候，
或者心情不佳的时候，
我是不会去见朋友的。
因为没有人会喜欢不愉快的见面，
所以只有当你快乐的时候，
才能去与别人见面。

6

hurdle

我也非常喜欢使用网上贴吧“二手天堂”。
有时候，我能花很少的钱从中买到自己需要的东西，
有时候，我也会把闲置物品放到上面出售。
看着琳琅满目的待出售物品，
有时我会想：“这样的东西会有人买吗？”
当然也不乏一些让我发问的物品：
“这么好的东西为什么要卖呢？”

我不停地浏览着网上各种各样的物品，
心中突然产生了奇怪的想法：
如果能够把信任、友情、爱情等这些无形的东西也放到网上出售，
应该卖多少钱？
我的脑海中接着闪现出一个想法——
越是珍贵的东西，越容易被我们廉价出售。

7

hurdle

快乐的日子，
辛苦的日子，
最终都将过去。

就算无法留住快乐的日子，
辛苦的日子也不可能一直纠缠我不放。

快乐的日子，
辛苦的日子，
现在都已经是昨天了。
度过今天，
我就能够走进明天。

不管是快乐的日子，
还是辛苦的日子，
都不要停留在过去。

8

hurdle

从小时候的我到现在的我，最了解我的当然是家人。
我想要告诉他们一件藏在我的心底很多年的秘密。
小时候，我曾经偷家里的东西拿到外面去卖。
一开始，我偷偷地把爸爸车里的几个硬币装进了自己的口袋里，
然后去买了自己最喜欢吃的糖块。
当然，爸爸平时也会给我足够的零花钱，让我买自己喜欢吃的糖果，
或者是直接给我买一些我喜欢的东西送给我，
但是，自己拿着悄悄攒起来的钱买来的糖果要比爸爸给我买来的糖果甜很多。
那份甜美带给我的满足感超出了想象。
那个坏毛病和那份诱惑太难割舍了。
结果，我开始把手伸向了爸爸的钱包。
当爸爸有所察觉的时候，我就会偷偷地拿着哥哥们比较值钱的东西出去卖。
我是三兄弟中的老小，因此大部分的行为都会通过各种途径被发现，
每次都会让父母和哥哥们困惑不已，但是那个坏毛病并没有轻易就改掉。
这就像喜欢赌博的人即使倾家荡产也很难戒掉赌博，
酒徒们在寒冷的冬天会拿要买外套的钱去买酒喝，
花花公子即使有一个如花似玉的妻子也依然会在外面拈花惹草是一样的，
我慢慢地形成了很难摆脱掉的盗窃癖。

随着我的盗窃癖越来越严重，除了我之外的家人们召开了多次家庭会议。
在多次家庭会议之后，他们采取了各种各样的方法。
父母给我足够的零花钱，比我大十岁的大哥也曾经狠狠地打过我。
但是，任何方法都没能改掉我盗窃的毛病。
我的家人们开始担心起来。
虽然偷家里的东西拿出去卖是一个可以在家里解决的问题，
但是如果在外面动了别人的东西的话，将会是性质完全不同的问题，
所以家人们才会担心不已。
虽然我的盗窃癖从小学开始一直持续到高一年级，
但是幸好并没有出现家人们所担心的事情，
那年夏天，我的盗窃癖因为某件事而彻底改掉了。
当时，我们一家人住在一个二层小楼，
父母和我住在一楼，三个哥哥住在二楼。
超级炎热的那个夏天，我原本在二楼的三哥房间里睡觉，
被热出了一身汗，突然醒了的我想要回到自己的房间里去接着睡。
当我正在下楼梯的时候，突然听到了当时正在上大学的二哥跟妈妈吵架的声音。

我感觉到氛围不太对劲，所以停下脚步，悄悄地偷听二哥和妈妈吵架。

二哥和妈妈不知道我在二楼三哥的房间里睡觉，以为我不在家，所以才会大声争吵，

而他们吵架的理由就是我。

当时正在上美术大学的二哥最珍贵的照相机不见了，妈妈当然以为犯人就是我。

她说等我回家之后，一定会问出我把相机卖到哪里去了，并且说一定会狠狠地骂我。

听到他们的话之后，我真的好想找个地方躲起来。

因为就像妈妈猜测的一样，我在一周之前拿着二哥的照相机，

卖给了清溪川的赃物贩子，并且早就跟朋友一起把钱都花完了。

但是，让我震惊不已的是二哥的反应。

我以为他理所当然地会跟妈妈一样非常愤慨，但是，他反而在教训妈妈：

“就是因为每当家里的东西不见的时候妈妈就会教训弟弟，

所以他才会越来越走歪路。

我也会再好好找一找，在得到确认之前，我们要相信弟弟。”

我听到二哥的话之后，最终没有回到自己的房间，

而是在二楼三哥房间里的阁楼中躲到第二天。

当然是因为害怕被骂，但是还有一个原因，

那就是不好意思面对如此信任我的二哥。

我到现在还记得自己一个人躲在阁楼里哭泣的场景。
依稀记得当时的眼泪是反省的眼泪，是对信任我的二哥道歉的眼泪。
直到第二天，我才从阁楼里走出来。
但是我记不清楚是主动向妈妈坦白是我把二哥的相机卖掉了，
还是死咬着说不是我干的。
只是记得清清楚楚，从那以后我就改掉了盗窃的毛病。
有人是那么地相信我，所以无论如何也不能再做违背那份信任的事情了。

大雪纷飞的冬天，我在堆满皑皑白雪的路上小便。
那些看似永远不会融化的积雪，
因为我的小便而一点点融化。
我拉上拉链之后，产生了一个理所当然的想法。
热的东西可以融化掉世界上一切冰冷的东西。

我就是带着这样一颗心活着。
一颗炽热的心。

9

hurdle

还记得小时候，一边翻看金守正老师的漫画《多利》，
一边笑得直跺脚，
那时觉得多利的故事是那么趣意盎然。
多利非常可爱，
可爱得我都想模仿它做过的每一件事。
不知不觉我已慢慢长大，
在一个偶然的机会，我重新看到了《多利》，
但再也不觉得它可爱了，也不再喜欢它了。
反而觉得每次都会被多利戏弄的高吉东很可怜。

听说如果觉得高吉东可怜的话，
就表明已经长大成人了，
如此看来，我已经不知不觉间长成一个大人了。
小时候总是通过多利来看自己，
现在却在高吉东的身上寻找自己的影子。
这就是岁月。

10

为了让手中的大风车转起来，
我会站在山顶上等着风吹过来，
或者去寻找有风的地方，

如果还是不行，
我就会用力地
向前奔跑。

11

hurdle

不想做的事情就不要去做，
不想见的人就尽量不去见，
不想去的地方就不要前往，
要流下来的泪水不要忍住，
发自内心的笑声不要忍着。

在你犹豫要不要做的时候，
青春已经从你身边溜走了。

12

hurdle

在参与出版的过程中，我遇见了很多与众不同的人，其中有很多人会长时间地停留在我的记忆中，盲人宋英熙就是其中一位。因小时候患白塞病而看不见世界的宋英熙，不仅给我重新定义了“帮助”这个词的真谛，还让我持续地对此进行思考。“我认识的一个盲人去美国留学，他每天都会借助拐杖，独自一人从家里出发到学校学习。因为那是他每天都会走的路，所以很清楚路上都有什么，路况如何。有一天，他像平常一样走在那条去学校的路上，不凑巧那天有人违规停车，挡住了他的去路。他什么都不知道，像往常一样继续向前走着，就在这个时候，有一个人从他身边经过，用只有他能够听到的微小的声音对他说前面有辆车，问他需不需要帮助。听了那个人的话之后，我的盲人朋友向他道谢，并告诉他现在知道前面有车了，所以可以一个人走了。那个想要提供帮助的人听了盲人朋友的话，独自悄悄离开了。”

听到这里，我说道：

“哎呀，那个人应该帮人帮到底啊，为什么就这样走了呢？”

宋英熙听了我的话之后，露出了意味深长的笑容，继续讲着这个故事。

“是啊。韩国人大部分都会是这样的反应，充满了人情味。因为太有人情味了，所以都不懂得先去问一问受助者的想法。每当看到盲人好像是在路上徘徊的时候，韩国人首先就会一把拉住盲人，或者大声叫嚷。问盲人要去哪里，让周围所有人都听到了。”

听到宋英熙的话，我瞬间感到一阵脸红，什么话都说不出口了。

“在帮助别人之前，首先应该问一问对方需不需要帮助，确定对方真的需要帮助的时候，再伸出援助之手也不迟。只是自己认为‘我应该为这个人提供帮助’，这是非常片面的想法。”

听完宋英熙的话之后，我顿时羞愧不已。因为我也曾经做过类似的举动。并没有询问那个人是不是需要帮助，就按照自己的决定去实施帮助，回到家还一阵欣慰。

“说实话，即使盲人有些彷徨和犹豫，也是完全可以一个人走的。虽然正常人会以为盲人会因在路上徘徊而感到郁闷，但是我们其实是按照自己的速度在走。如果盲人想要一个人生活下去，这是必须要经历和接受的过程。”

每个人都有自己的速度。

如果硬是让别人配合自己的速度，可能会发生事故。

我们应该摒弃焦虑，认可他人的速度。

因为，我们每个人的终点是各不相同的。

13

hurdle

把餐馆的名字
定为“随便”吧，
把酒店的名字
定为“哪儿都行”吧。
与每当我问吃什么的时候都会回答“随便”的她一起
去“随便”餐馆，
带着每当我问去哪里的时候都会回答“哪儿都行”的她
去“哪儿都行”酒店吧。

不知道自己想吃什么，
不知道自己想去哪里，
不知道自己想要成为什么样的人，
没有主见
便不知道自己的人生会流向何处。

봄

14

hurdle

如此美丽的春天，
我还能拥有几次呢？

我站在寒风消失的地方，
再次等待着春天的到来。

15

hurdle

内心深处的伤痕，
就像长在脸上的青春痘。
因为不想看到黄色的、化脓的青春痘，
随手挤一挤，然后用化妆品遮盖住，
这只是暂时的权宜之计而已。
导致的结果就是那个地方会重新长出青春痘，
或者留下连化妆品都遮盖不住的伤痕。

内心的伤痕也是如此。
马马虎虎敷衍了事，
看上去像是没有受伤一样继续工作或者生活，
自己受的伤无法得到治疗，
内心深处的伤只会越来越严重。
治疗所有伤痕的第一步就是，
敢于正视自己的伤痕。

只有知道了那个伤痕让自己多么疼痛，
让自己多么难受，
才能够真正治愈那个伤口。
不想让别人看见自己的伤痕，
认为只要稍微忍耐一下就会好起来，
把自己的伤口隐藏起来，或者推迟治疗，
那么伤口只会越来越深，治疗也会变得越来越困难。
虽然现在治疗伤口的过程非常痛苦、难以忍受，
但是只有从根源上清楚地了解创伤，才能够痊愈。
绝对不能因为害怕去医院扎针，
就让原本微小的病痛变得越来越严重。

你内心深处的伤痕并不是你的孩子，
所以没必要去照顾它，没必要把它养大。

16

hurdle

升入高中后，我结交了一个说话结巴的朋友。
结巴对他本人来说应该是一件很痛苦的事情，
但是当时的我们太不懂事了，所以总是戏弄他，学他结巴。
他非常生气地对学他说话的我们说：
“哎呀！不不不不要学了，不不不不要跟我学。”
这下我们反而更开心了，不停地跟着他的语气学舌道：
“哎呀！不不不不要学了，不不不不要跟我学。”
因为我们是很好的朋友，
所以，上学和放学的时候我们都会黏在一起。
但是我们依然不停地戏弄他，不停地学他说话。
那个时候，我们的所作所为应该给他造成了很大的压力。
到了高二的时候，我们依然像往常一样戏弄他，
于是，在暑假开始之后，他就不再与我们联系了。

我们非常好奇他的境况，
开始推测他不跟我们联系的原因，
渐渐地开始担心他。
暑假结束之后，我们再次来到了学校里，
并且看到了整个暑假都没有跟我们联系过的那个朋友。
我们因为看到他很高兴，所以又开始戏弄他。
“你你你到底是怎么一回事儿啊？为为为什么这么长时间都没跟我们联系啊？”
每当被我们戏弄就会满脸通红、生气的朋友这次并没有发火，而是一边笑着一边悠闲地回答说：
“我在暑假期间去了演讲辅导班学习，已经把结巴的毛病都改过来了。”
听到他说去辅导班把结巴的毛病改好了之后，我们都觉得戏弄的对象消失了，瞬间感到失望不已，同时也觉得震惊不已。

“真真真的吗？完完完全改改改过来了？”

听到我们惊讶的问话之后，他并没有回答我们，只是冲我们微微笑了笑。

然而，事情并没有结束。

因为自从上高中之后就一直学他结巴的毛病，

导致我们现在说话都开始结巴了。

“怎怎怎么办？他他他改过来了，我我我们却开始结巴了。”

为了戏弄朋友而开始的结巴，在不知不觉中慢慢地侵蚀了我们，

最终像我们固有的毛病一样无法去除了。

不知是不是上天对不懂事的我们进行惩罚，

从那以后，好长一段时间我们都没有把结巴的毛病改过来，

好像一直到了快要毕业的时候才好不容易改了过来，

我还记得自己当时安心地舒了一口气。

在人生的旅途中，自己身边有什么样的人是非常重要的事情。

虽然有的人会认为，不管自己身边有什么样的人，只要自己做好了就可以，

但是大部分的人会在不知不觉中慢慢地受到别人的影响。

所以才会有“物以类聚，人以群分”的说法吧。

看一看你身边的人吧。

如果有对餐厅服务员没有礼貌的人、欺软怕硬的人、不懂得考虑别人的自私鬼、到处宣扬别人错误的人、认为金钱就是一切的人、不愿意努力的懒死鬼、认为自己所做的一切都正确的人等跟你在一起的话，必须审视一下自己受到了什么样的影响。而且我们必须努力地阻断这些人带给我们的不良影响，努力地过自己的生活。

物以类聚，人以群分。

17

hurdle

如果说，思念是一种病，

那么我已经病入膏肓了。

18

hurdle

就连看破红尘、脱离苦海的佛祖，
也认为生活就是苦难的连续。

有人忍受着
这样的生活。
有人享受着
那样的生活。
肩上的生活重担大同小异，
但是
有些人忍受着，
有些人却享受着。

到底是享受，还是忍受，
一切都是自己的选择。

19

hurdle

即将结婚的女人，

总是在寻找“可以交付我一生的男人”。

人生并不是一件物品，

又何来交付一说呢？

对于那些不懂得自己过自己的人生，

想要把自己的人生交付到某个地方的人，

我想为他们推荐首尔火车站失物保管中心。

反正，总有一天会回来认领的。

20

hurdle

挖山参的那些采参人，

总是去人迹罕至的大山深处，

其理由毋庸赘言。

因为只有去老山深处甚至觉得很危险的地方和

人们轻易不会去的地方才会硕果累累，

才会挖到他们苦苦寻找的山参。

人们频繁往来，即使没有人特意开辟成路，

走的人多了自然也就成了路。

虽然在此平坦的大道上走起来非常便利和安全，

但是在路边很难会见到果实和山参。

因为在人来人往的路边结出来的果实和山参等，

早就已经被路过的人摘走了。

唯有在那些险峻难走、人迹罕至的路边，
才会见到累累硕果和枝繁叶茂的树木。

如果你想过与众不同的生活，
就需要思考别人没有思考过的东西，
走别人没有走过的路。
因为机会总是伪装成逆境出现，
不会轻易被人发现。

21

hurdle

在妈妈因老年痴呆住院之后，
我每星期都会去一次医院看望妈妈。
爸爸跟我不同，他每天都会去医院，
而且还对我说，不要耽误工作，
以后每两个星期去一次就可以了。
我竟然鬼使神差地接受了爸爸的建议，
现在每两个星期去一次医院，看望一下妈妈。
当没有工作，也不去医院看望妈妈的时候，
我就会想："如果我一直在医院里的话，妈妈会是什么样子呢？"
总觉得妈妈的状态肯定会与现在有所不同，
所以心里一直存有歉意。
明明知道会后悔，但还是不停地积攒着后悔，
就像存钱一样，一点一点。

即使鼻子再长，大象也不会把它当成负担；
做父母的也一样，
即使子女再多，
也不会把我们当成负担。

22

hurdle

青春需要慰藉吗？

虽然在度过青春期的时候，

遇到了很多困难，也感受到了诸多痛苦，

但是事后就会明白，

那是最耀眼、最美好的时期。

如果可能，

不管支付多少金钱也愿意回到那个时期。

在这样的一个时期里，

何来安慰之说呢？

失去青春的人们，

随便对青春说“慰藉”这两个字，

本身就是一种傲慢和虚张声势。

23

hurdle

我爱你，
我爱你，
我爱你。

在漫漫人生旅途中，
我曾对多少女人轻易说出这一句话呢？
与这一生中遇到的所有女人之间的爱，
全部加起来也比不上对妈妈的爱，
可我对妈妈说过的次数还不及十回呢。
为什么要到现在才后悔莫及呢？

妈妈，
对不起，
对不起，
对不起。

24

hurdle

我
没有你也能过得很好。
你
没有我是不是也能过得很好？
即使过得很好，
是不是也会像我一样，
偶尔回想起以前？

背后
传来微小的动静，回头一看，
一头大熊站在身后。
它以为只要静静地站在那里，
就不会有人发现自己，
真是一头傻傻的大熊。

傻傻的！
你
还有
我。

雨后的彩虹

彩虹

25

hurdle

一个戴着教官帽子的人问：

“能做到吗？”

他犹豫一下，看了看教官的眼色后回答道：

“能做到！”

是的，他说不定能够完成那件事情。

一个戴着教官帽子的人问：

“能做到吗？”

他毫不犹豫地回答说：

“必须做到！”

虽然能够做到的人可能会真的做到，

但是必须做到的人一定会做到。

26

hurdle

∩

对我来说，

世界上最昂贵、最好的钟表就是妈妈。

我必须起床的时间，

我必须吃饭的时间，

我必须放弃的时间，

我必须踏入世界的时间，

我必须停止哭泣的时间，

生活在这个世界上，必须了解的一切时间，

都是妈妈告诉我的。

这个钟表虽然现在停住了，

但是在没有停止之前，

对于没能明白她的珍贵之处的我来说，

妈妈就是最珍贵、最高洁的钟表。

27

hurdle

某部电视剧中，一位女演员说：
“即使并非一直都正确也没关系，
即使很坏也没关系，
因为我并不是为了得到别人的称赞而活着。”

听完这句台词后，
我觉得确实如此，
有些时候能够那样生活也是很不错的。
因为从拥有自我意识的孩童时期到现在，
我们为了得到父母或者其他人的称赞，
已经让自己疲惫不堪了。
偶尔不正确也没关系，
偶尔不端庄也没关系，
即使不能得到称赞也没关系，
我们需要这样一个只为自己生活的时期。

EXIT

28

hurdle

今天是不是很辛苦啊？
世界上的事情并非都像你想象的那么简单，
错综复杂的事情会让你晕头转向，
而且好像变得越来越复杂难解。
没有人能够懂你的想法，
总觉得自己现在身处一个黑漆漆的隧道里。
哭了吗？
今天就尽情地哭出来吧。
把积攒在心里的一切都发泄出来，
一直哭到心里感到痛快了的时候。
在如此悲伤的时候，是绝对不能喝酒的，
长时间哭泣后，回到家里，洗个热水澡，
然后安静地进入梦乡吧。

过了今夜，
一切都会好起来的。

29

hurdle

∩

一个偶然的机会，

我从一个平面设计师变成了漫画家，

浪得虚名后，偶尔会听到一些人说："你变了，你与以前不一样了。"

第一次听到这些话的时候，我不是恐慌，而是有些愤怒了。

我认为"我明明就没有改变，到底是说我哪里变了呢"。

所以每次都会与那个说我变了的人展开一番口舌之争。

但是，有些事并不是我能够控制得了的，

随着身边这样说的人越来越多，

我的"愤怒"也渐渐转变成了一种"认可"。

我承认自己变了，在自嘲和肯定中间保持着模棱两可的态度，

认为"是的，人都是会发生变化的，发生的变化并不都是不好的"。

自从有了这样的态度之后，

我再也没有与别人发生过争吵，

也没有必要与别人争得脸红脖子粗，

心情反而变得比以前轻松了。

我只是不像以前的自己那样不愿去自我反省，不愿去承认而已。
在生活的过程中，没有人是不会发生改变的。
现在的我反而为了改变而不停地努力着。
所以，现在的我更想听到别人说“朴光洙变了很多”这样的话。
当然，我所说的变化是向着好的方向发生的改变。
只要坏人不向着更坏的方向改变，不管变化程度是大还是小，
只要是向着好的方向发生改变，就是一件好事。
所以，没有必要过分执着于最初的样子。
而且，也没有必要因为别人说自己变了而受伤或者反驳。
因为被那样的语言所动摇，与那个傻傻的家伙进行数十年的辩论，
这才是世界上最傻的事情。

我变了。
向着好的方向变化，
而且我身上将会发生更多的变化。

30

hurdle

∩

虽然我不是一个牧师，
但还是喜欢“请相信我”这句话。

明天会更美好。
请相信我。

明天，那些让我烦恼不堪的事情，
会像雨过天晴后的云朵那样消散，
明天，会成为快乐幸福时光开始的第一天。
请相信我。

明天，将会见到自己思念的人。
请相信我。
请相信我。

如果痛苦地过着今天，
对明天没有任何希冀，
毫无变化地迎接明天，
明天，将不再是明天，
而是今天的延长而已。

请相信我。
一切都会好起来的。
相信你自己，
相信明天将会雨过天晴。

请相信我。

31

hurdle

"就当这20秒的时间里自己是疯狂的，
试着鼓起勇气吧。"

这是电影《我们生活在动物园里》中的一句台词。
可能会有很多人反问：
"煮一包方便面都需要 3 分钟，20 秒能干什么？"
其实 20 秒是非常漫长的一段时间。
当一个人向另一个人告白时，
除去之前犹豫的时间，真正告白的时间其实连 10 秒都不到。
给那个因为吵架而很长时间不联系的朋友打电话，
他接电话的时间只要 20 秒就足够了。
对于那些自己想做，但是父母反对的事情，
只需要 20 秒的时间就完全可以表达出自己的决心。
因为，过长的说明反而会产生相反的效果。
与自己喜欢的人初次接吻只需要 20 秒就足够了，
20 秒的时间留下的余韵可能会持续 20 年。
就当自己在这 20 秒的时间里是疯狂的，
试着鼓起勇气吧。
说不定，这 20 秒的时间会改变你以后的 20 年。

32

∩ hurdle

刚过不惑之年的时候，

无所事事的我，有一天和朋友在酒吧静静地喝酒。

我的这位朋友不胜酒力，所以醉得比我严重，摇摇晃晃，连自己的身体都掌控不了。

看到他已喝醉，我开始苦恼该怎么“处置”他。

是直接架着他到外面叫一辆出租车把他送走呢，

还是悄悄地结完账之后一个人离开呢？

就在我苦恼的时候，

这位醉醺醺的朋友突然间像弹簧一样弹了起来，

好不容易支起身子，没头没脑地问我：

“喂，光洙呀，你以后想要成为什么样的人呢？”

听到这有些突兀的问题，我停下所有的动作，僵在了那里。

因为这是我 10 岁之后几乎没有再听到过的问题。

10 岁之前，爸爸的朋友们或者亲戚们经常会问这个问题，

所以对此早已厌烦了，

然而，过了 40 岁再次听到这个问题时，

竟然觉得这个问题是那么新鲜。

那份新鲜感要比我的朋友中元从自家菜地里给我拿的现摘的白菜还要新鲜。

不知道是不是因为太新鲜了，

我竟然不知道该怎样回答朋友的这个问题。

小时候，听到同样的问题，

我会想“只要过了这一关就好了”，

所以总是心不在焉地回答“总统”“科学家”“消防员”等，

但是觉得到了现在这个年纪，已经不能随便回答了。

结果，那天直到朋友趴在酒吧的桌子上睡着，

我也没能回答他的这个问题。

那天的事情给我留下了非常大的冲击。

40 岁的我连自己的梦想都还没有实现，

也早已忘记了自己的梦想是什么了，

已经不再为自己设定梦想了。

年轻的时候，任何人都有一个了不起的计划，也有很远

大的梦想。

但是，随着年龄的增长，

有时候会因为自己已发生改变的模样而震惊不已。

“我为什么会过着这样马马虎虎的生活呢？

为什么会丢掉年轻时期那些了不起的计划和远大梦想呢？”

于是，慢慢地回想起自己曾经的梦想和计划，

直到这个时候才发现，

原本以为已经很遥远的计划和梦想，却依然静静地停留在起点。

梦想和计划一直停留在起点，等待着和我一起前进，

我却独自一人离开了起点。

虽然稍微有些晚了，但还是应该为了梦想奋力地向前奔跑。

我也想像当时向我提问的那个朋友那样，问大家一个问题：

“你以后要成为什么样的人呢？”

33

hurdle

种子，
不要太拼命了。
你的命运就是要成为一朵花，
所以才会被撒在这片土地上。

种子，
不要太辛苦了。
即使没有成为花朵，
腐烂之后也会成为泥土，
继续活下去。

种子，
种子，
种子。
不管是花朵还是泥土，
都将会在这片土地上活下去。

34

hurdle

得到儿子阵亡通知的母亲，就像是失去了自己的整个人生。

一想到再也无法见到儿子，她就悲伤不已，厌恶战争，埋怨国家。

母亲望着天空恳切地祈祷着。

祈求上天能够让儿子重新回到自己的身边，

如果无法让儿子回来的话，能够在梦里再见一面也行，她就这样恳切地向上天祈求着。

不知道是不是母亲恳切的祈祷感动了上苍，

那天晚上，有位天使来到了母亲的身边，对沉浸在悲伤中的母亲说：

“按照您的祈求，我让您跟儿子再见一面。

但是，由于这是违反天规的事情，所以您只有 5 分钟的时间。

您能见到儿子，可是您想见到几岁时候的儿子呢？

是让您自豪地登上奖台领奖的 14 岁的儿子，
还是调皮可爱的 7 岁的儿子呢？
您想见到什么时候的儿子呢？”
听了天使的的问题之后，母亲暂时陷入了沉思中。
思考了片刻，母亲对一边等着答案的天使说：
“请让我重新见一见小时候因为犯错，
哭着穿过院子向我跑来的儿子吧。
那个时候，儿子以为自己犯了很大的罪，
吓得立即跑到我身边向我求饶，
但是我当时只是批评他，没能好好地抱抱他。
因为儿子那个时候还太小，所以当时非常失落伤心。
我想再次见一见那个时候满脸泪痕的可怜的儿子，
想要对他说‘没关系’，让儿子感受到我的温暖和爱。”

如果有个天使来到你的面前，
说可以帮你回到过去的话，
你想抱一抱什么时候的妈妈呢？

当你说心痛的时候，
如果我站在你的背后紧紧地拥抱你的话，
你会说心不那么痛了。

当你说心痛的时候，
如果我紧紧地握住你的双手的话，
你会说心不那么痛了。

当你说心痛的时候，
如果我能静静地站在你的身边的话，
你会说心不那么痛了。

傻傻的我并不知道你的心在哪里，
你的心在你的后背上，
在你的手里，
在你的身边。

36

hurdle

∩

太幸运了。

每当坐公交车的时候，
因为腿疼
坐到老弱病残孕专座的时候，
我都会看看身边人的眼色。
我轻狂地认为
自己依然还很年轻。

太幸运了。
现在还能够认为自己
依然很年轻。
因为年轻，
所以梦想是无限的，
所以真的是太幸运了。

冬天的寒风每天都呼呼刮着，
它有时间休息吗？
像寒风一样凛冽的我，
也没有休息的时候。

应该成为春风！
应该成为暂时停留在树枝上的，
暂时驻足在你的肩膀上的，
休息后离开的温暖的春风。

所以我们要成为让蜷缩的花骨朵
绽放盛开的春风。
让花朵在你和我中间
绽放。

38

hurdle

在明亮的月亮上
看到了
我所思念的人的俏脸，
不知道从何处传来
青蛙呱呱叫的声音。
夜空中闪烁的都是
不知谁撒下的星星。

希望今夜，
是让任何人都不会感到孤独的
夜晚。

39

hurdle

一位年老的拳击手曾经对我说，

他们都已习惯了挨打，但是每次挨打的时候还是会害怕。

虽然人们问他，这是你们的职业，

所以不管是打别人还是挨打是不是都无所谓，

但是拳击手说从来没有不害怕挨打的时候。

说到这里，他跟我讲了第一次登上擂台的故事。

虽然在比赛之前看过对方的比赛录像，也做好了相关的应对策略，

但是因为那是第一次对战，所以并不清楚自己的战术在实际比赛中是否奏效。

虽然自己很想取胜，但是说不定会被对方直接打倒在地，

所以觉得自己的身体就像是不在擂台上一样，瞳孔中充满不安。

他微笑着向我讲述着自己的第一次。

他说把站在擂台上发呆的自己拉回现实中的，

就是使劲扇了几记耳光的拳击馆馆长。

“在比赛之前发什么呆？
看我的眼睛，是不是很可怕？
是不是害怕失败，是不是因为不知道对方的拳头
到底多疼而害怕？
我第一次比赛的时候也是这样。
现在开始，只记住一件事，
那就是按照自己平时练习的那样正常发挥。
把你所知道的招数都在擂台上展示出来。
并且一定要记住。
对方也像你一样害怕。”

是的！
每当我们要出征的时候，
被恐惧所侵蚀的时候，我们必须记住，
对方也像我们一样恐惧。
而且，
先甩掉恐惧的人会取得最终的胜利。

40

hurdle

如果真的发明出了时光机，

可以乘坐时光机回到过去，再次见到 20 岁的自己，

我有好多话要说，我会告诉 20 岁的自己：

不能再继续胖下去了，一定要戒掉饮料；

告诉 20 岁的自己：

一定要改掉总是会对人发火的火暴的性格；

告诉 20 岁的自己：

年纪大了之后牙齿就变得非常重要，所以每天一定要刷牙三次以上；

告诉 20 岁的自己：尽可能地不与别人为敌，一定要圆滑世故地生活；

告诉 20 岁的自己：那些到了 50 岁之后才感觉到的后悔和悔恨。

说不定也没办法把这些都告诉 20 岁的自己，

如果把我活到现在所经历的一切都说出来的话，

20 岁的我可能会惊恐不已，可能会失去以后生活的勇气。

仔细想一想后才发现，
我其实并不清楚对着 20 岁的自己，哪些话该讲哪些话不该讲。

但是，我还是想称赞一下 20 岁的自己，
表扬自己学习了柔道，提前学会了前滚翻等。
我要好好地安慰 20 岁的自己，
不管怎样生活，不管经历了什么，
只要像现在一样好好坚持下去就可以了。
不管世界怎样鞭打你，
只要用自己学习的前滚翻好好保护自己，不让自己受伤太严重就可以了。

41

hurdle

∩

爸爸告诉我的很多事情中，有很多非常有用的，
也有很多已深深地印刻我的内心深处，
其中，最让我印象深刻的就是下面这句话：

“对于男子汉大丈夫来说，
有些战斗是即使明知要失败，却也一定要亮剑。”

小时候，第一次听爸爸对我讲这句话的时候，
非常好奇“失败的战斗当然应该避开了，为什么还要应战呢”。
有可能是爸爸无意中说过的这句话，
在我往后的生活中一直困扰着我。
就这样到了某一瞬间，突然开始明白了这句话的真谛：

真正的失败，指的是被失败即将带来的恐惧所压倒，

还没有来得及正式战斗就向对方低头。

即使觉得自己会失败，也堂堂正正地应战。

应战之后的失败，并不是永远的失败，

那一次的失败只是暂时的失败而已，

还没有应战就选择低头投降的失败，才是永远的失败。

即使在战斗中失败了，

却在与自己内心恐惧的战斗中取胜了，

所以也只能算是一胜一负。

如果能够继续坚持下去的话，一定会变得越来越强大。

42

hurdle

在漫画《未生》还没拍成电视剧之前，我已经读过漫画书了。
尹胎镐先生创作的《未生》与他之前出版的众多作品一样，
也像他的老师（许英万老师）的作品一样，
经过缜密的资料调查和彻底的准备工作之后，完成的“高密度”作品。
正因为以这样的原著为蓝本，
所以电视剧《未生》的成功貌似是理所当然的。
在电视剧取得巨大成功之后，原著漫画很快就成为畅销书，
就像是职场菜鸟们的入门指南一样，
“未生”这个生疏的单词就像流行语一样渗入到社会的角角落落。
“未生”是围棋术语，表示的是“虽然还没有完全死掉，但是也不能完全起死回生的”棋子；与之对应的“完生”，指的是“在棋盘上可以连接两目，可以完全生存的”棋子。

在电视剧剧终后，生疏于人生之路的我们以“未生”自嘲。
这真是残忍啊。
那么，所谓的“完生”在哪里呢？
创办了现代集团、被称为“会长之王”的郑周永先生是“完生”吗？

史蒂夫·乔布斯、李秉喆、比尔·盖茨等人是“完生”吗？
在有权有势、名门望族中出生就是“完生”吗？

我并不这么认为。
因为“完生”和“未生”只是在漫画和电视剧中出现的词而已。
我们的生活，其实一直都在“途中”。
我们的人生一直被放置在“途中”，
说不定直到死还都一直在途中，这就是我们的人生。
现在失败的模样，说不定只是“前往胜利的途中”的模样而已；
死了之后也一直挨骂，说不定是“为了在遥远的未来得到后代称赞的途中”。

我们其实一直都在途中。
不要把自己关在“完生”和“未生”的两分法中，
没有必要因为微不足道的成功而沾沾自喜，
也没有必要因为现在的失败而心生挫折。
因为我们即使死了也一直在永不停歇的途中活着。
说不定你现在正处于通往胜利的途中呢。

我是不是迟到了？
早知道你这样望眼欲穿地等待着，
我会更快一些赶过来的。

迈着流星大步，向着我的内心深处走来的
春天这样对我说。

春天来了。
觉得很怕冷的我有些可怜，
就这样，
春天来了。

44

hurdle

31岁时，能够拿得出手的经历只有货车司机，
而且学生时代曾经被同学“孤立”过，
为了维持生计，不管什么脏活累活都干过，
为了实现自己的梦想，他在工作之余写着电影剧本。
直到而立之年后，才在一家小电影公司中找到一份工作，
并把自己以前在工作之余编写的剧本卖给东家。
那个时候，他从电影公司中得到的订金是 1 美元。
他开出的条件就是，出任这部电影的导演。
电影公司经过深思熟虑后，居然答应了毫无导演经历的他的要求。
在这种情况下，他的第一部电影诞生了，
这就是开启了 SF 电影新纪元的《终结者》。
之后，他成为执导《异形》《深渊》《泰坦尼克号》《阿凡达》等著名电影的伟大导演。
他就是著名的詹姆斯·卡梅隆导演。
卡梅隆导演在拍摄《深渊》的时候，对深层海洋产生了浓厚的兴趣，
后来他乘坐着从设计阶段就参加了的“深海挑战者”号载人潜水艇，
成功到达了 8200 米的深海处，创造了世界纪录。

卡梅隆在最近的一次采访中曾经说过：
“我想对引发海啸的日本海沟进行探险，然后参与到地震传感器的研发中。”
他身边的人都挽留他，问他什么要花那么多的钱做那么危险的事情，
卡梅隆说：
“我制作电影的一个很大的目的就是探险，尤其是为了引起人们对海洋探险的关注。”
虽然他为此做了说明，但是人们依然无法理解他的行动。

于是，他会笑着做一下补充说明：
“向我问‘为什么要坐潜水艇，为什么要到海洋中去探险’的都是成年人。孩子们从来不会问这样的问题。因为在孩子们心中那是非常了不起的事情。我和那些孩子们是一样的，是一个身躯稍微有些庞大的孩子。”
即使身体会慢慢变老，但梦想是不会变老的。

45

hurdle

韩语里有一句俚语——“向大地投球”。

“呀，那简直就是向大地投球！”

这句话的意思就是那件事是很难完成的，

也就是劝说人们不要继续，以免徒劳无功。

每当看见单身男女的时候，

看见没有一分钱却要去远方旅行的人的时候，

在没有专业经验和知识的情况下想要从事某件事情的时候，

要从最后一名飙升到第一名的时候，

我们经常会使用这句话。

虽说人生在世不如意事十有八九，

但肯定也有非常轻松的事情。

如果最后一名不向第一名发出挑战，总是安于现状；

如果只是与喜欢我的人恋爱，而不与自己喜欢的人恋爱；

如果只是做自己熟悉的事情；

生活不会出现大问题，也不会经历失败。

但是，如果不害怕失败，不会轻易气馁，
向大地投球也不是那么可怕的事情。
因为你觉得简单的事情，并不会因为你挑战困难就会消失。
而且，
即使你向困难挑战并经历了失败，
即使失败的经历让你心酸不已，
但在你的伤口愈合之后，
那些心酸会让你变得更加坚强。
有了更加坚实的基础，
你将会更加轻松、更加坚实地打造你所想的“人生之屋”。

向大地投球吧。
如果头摔破了就涂上药膏，
然后再次向大地投球。
你所期望的东西，
你所希冀的幸福，
没有努力是万万不会实现的。

46

hurdle

∩

一开始，你并不是这样的！

温柔如水，

笑靥如花，

顺从乖巧，

不管什么时候，都紧紧握着我的手，

一年 365 日，每天都像刚绽放的鲜花那样，

是一个很好很好的人。

你还有什么不满的呢？

当然现在也依然

温柔如水，

笑靥如花，

顺从乖巧，

但是也偶尔会抱怨，

也有时变得冷若冰霜。

哎哟哟！你这个家伙。

365 日每天都盛开的花朵，

是不会散发香气的人造花而已。

47

hurdle

曾经有这样一个人。

他因为一场飞来横祸，全身瘫痪，只能静静地躺在医院的病床上。

他的主治医师对他：虽然他需要一直进行药物治疗，

但是像他这种情况，药物只不过是起到一定的辅助作用，

最终还是要依靠患者本人的康复意志。

全身瘫痪的患者在长时间的努力下，

能够做的事情也只是轻轻地动了动大脚趾而已。

但是患者并没有因此而气馁。

他把大脚趾的轻微活动看作一丝希望，

经过不断的努力之后，

终于可以自由自在地活动脚趾了。

接下来就是给膝盖用力了，

那是比活动大脚趾更艰难痛苦的一段时间。

但是，他并没有就此放弃。

因为他已经通过自己的大脚趾明白了自己努力的意义。

坚决不放弃，不断地努力，

不知道从什么时候开始，慢慢地可以把脚抬到空中了。

接下来是手和上肢，
虽然是一段艰辛漫长的过程，但是他最终坚持了下来，
经过长时间的努力之后，
他现在已经可以像普通人一样走路，
像普通人一样开心地大笑了。
如果在漫长的康复过程中，
他提前气馁或者不努力的话，
他可能现在也依然躺在医院的病床上。

当你觉得自己失去了一切的时候，
当你因为失恋的痛苦而什么都不想做的时候，
当你觉得熙熙攘攘的世界中自己孤身一人的时候，
当你想要放下一切的时候，
当任何人的安慰也不会让你的伤口愈合的时候，
很难忘记一切，好像什么都没有发生过一样地
重新回到以前不痛心的时候．
那个时候，

你应该要做的事情就是——
动一动大脚趾。
动一动脚趾，
如果脚趾能够很好地活动，
你就可以把它看作“现在的希望”。
任何人都不可能一次性解决所有的事情。
只要带着微小的希望，一点一点移动就可以了。
也不要期望着自己可以一下子站起来。
一点一滴，
一点一滴，
重新寻找希望就可以了。

不管什么时候都不要失去希望。
如果大脚趾
还能够
轻轻地动一动的话。

48

hurdle

我的身边有这样一群人，
他们虽然有一身的才能，却没有被身边人赏识，
或者自己没有办法证明，慢慢地在岁月的消磨中失去光芒。
这群人有一个共同的特点——
并不是别人怀疑他们的才能，反而是他们怀疑自己的才能。
虽然有很多时候，人们因过于相信自己的能力和才能而溃败。
但是对于那些因不能相信自己，让自己的才能和能力渐渐失去光芒甚至消失的人，
作为旁观者，感到十分悲伤和可惜。

例如，虽然不能说出实名，但是棒球选手中也有很多这样相似的事例。
在替补投手练习区热身的时候，能掷出时速超过 150 千米的高速球，
但是当真正站到球场上的时候，球速明显下降，就连普通的安打都没有，
失误与不满连连，与身边人们的期待不同，失落地走下球场。

每个时代都有“候补投手练习区高手”，
击球手们在二垒比赛中，为了进入一垒，不停地打出漂亮的本垒打。
但是，当真正到了一垒的时候，却被对方的投手压住了气势，
没来得及好好发挥自己的实力，重新退回到二垒，
凄凉地从球场上退下来的人也不在少数。
谦逊是生活过程中必不可少的一项美德。
但是，如果过于谦逊，就会演变成自我贬低，
因此就无法正常发挥自己的才能和能力，渐渐地失去光芒，
这是一件令人非常悲伤的事情。
踏上巨大的舞台后，因为紧张、颤抖而失去机会，
让自己这段时间的努力付之一炬，是对自己人生的重大犯罪。

一定要牢牢记住：
你是为了某种目的来到了现在的位置。

大雾预警

大雾

一

如果心离开了
就只剩下1了。

不去打开我的短信的
那个人的1。

50

hurdle

如果感情也像物品一样
能够用金钱购买的话，
我会每天付现金购买幸福。
为了年末结算，
我还会要求现金收据。

每天购买幸福之后，
如果还剩下一点儿钱的话，
我会用它购买一点希望慢慢累积起来。
用这些希望来填满未来，
用幸福度过当下。

如果感情也像物品一样
能够用金钱购买的话，
我想把痛苦和悲伤，
用无利息 12 个月分期付款的方式处理。

51

hurdle

很想把篮球打好，

但是打不好，这并不是你的错。

很想把学习学好，

但是总学不好，这并不是你的错。

很想做好某件事情，但是做不到，

这些都不能成为任何人生活中的罪过。

能够成为罪过的唯一一件事情——

在你的生活中

没有一件你想做的事情。

52

hurdle

孩子参加了考试。
美术 100 分，数学 25 分。
惊慌失措的妈妈立即拉住孩子的手
跑去给他报了奥数班。

为了填补自己所认为的孩子的不足，
母亲在奥数班里投入了更多的费用和时间。
我很好奇，
美术得了 100 分的孩子为什么会被妈妈拉着
走进那个根本就没有天赋的奥数班呢？
如果我是孩子的妈妈，
我会把孩子送进美术辅导班，
让他的 100 分更加锦上添花。
为什么父母们总是放弃 100 分，
而选择 25 分呢？

53

hurdle

我有一个朋友，他的口头禅是：
“别管我，让我这样自生自灭吧。”
当然，这并不是我的生活，而是他自己的生活，
虽然他的生活与我无关，
但是每当看到他放弃自己一身的才能，碌碌无为地生活，
我就觉得非常失望和悲伤。
人生在世，我们都希望自己能拥有与生俱来的才能，
但老天很吝啬，不会随便给任何人赋予才能。
我看到一身才华而又放置不管的他，
就像是农贸市场中，等待着廉价出售给别人的死鱼一样。

明明可以在大海中畅游的家伙，
现在却在市场一角是等着别来买的样子实在是太让人痛心了。

只有死去的鱼才会把自己的身体交给水，然后随波逐流。

54

hurdle

从很久之前开始，每当有人要出远门的时候，
我都会送给他们指南针作为告别礼物。
我送给他们的并不是在文具店里能轻松买到的指南针，
而是到处奔波，在众多地方翻翻找找，好不容易才淘到的设计非常漂亮的指南针。
大部分的礼物，是会让人开心快乐的。
这些礼物，不仅能让收到的人感到快乐，
而且让送礼物的人也感到开心。
尤其从自己喜欢的人那里得到的礼物更是如此。
但是，有很多时候，
收到礼物之后，对方很好奇为什么会送给自己这样的礼物。
我送给大家的指南针礼物应该就属于这样的礼物吧。
为了消除那些想要问我在那么多的礼物中，为什么偏偏要送指南针的人的疑问，
我每次都会在装指南针的盒子中放一张亲笔写的短信：
“不管去哪里，请你都不要忘记自己想要去的方向。
如果迷路了，或者走的路太辛苦，可以重新回到我的身边。
这个指南针将会为你指引方向，
而且还会告诉你，
重新回到我身边的道路。”

有很多人从我身边离开。

其中，有从我这里拿到了指南针后离开的人，

也有因为关系逐渐疏远而没能收到我的指南针离开的人。

他们之中，有一些人就像我送指南针时希望的那样，找到了自己期望的方向，

也有一些人还在虚无中徘徊，在迷失中彷徨，仍然找不到自己的方向。

虽然我给很多人送了指南针，

但是，不记得从别人那里收到过指南针作为礼物，

也不记得自己给自己送过指南针。

虽然觉得那是送给出远门的人的一件非常好的礼物，

但我没有想到要送给自己一份这样的礼物。

如果送给某个人指南针，是在嘱咐他“不要迷路”，

那么我在自己的人生道路中真的就没有迷过路吗？

我的指南针所指的方向到底朝向哪里？

有时候，不知道该往何处的我，也会站在路上徘徊。

55

hurdle

非常思念你的那一天，
我会闭上眼睛。
闭上眼睛静静地等待，
在黑暗中，
你的脸会越来越清晰。

非常思念你的那一天，
我会闭上眼睛。
闭上眼睛静静地等待，
黑暗会越来越黑，
我会很快入睡。

年纪大了，
闭上眼睛就能很快入睡。
以前是只有肉体变老，
但现在连思念也一起变老了。

这句话，
像最近的流行语那样滑稽。

“画作什么时候能完成呢？”
年轻的画家欣赏着老画家的画问道。

“这幅画会回答你的问题。
我没有必要提前知道。
世界上所有的成果都是这样的，
什么时候才是终点，什么时候才能完成，
那些成果会告诉你这些问题的答案。
直到成果告诉之前，你只要默默地前进就可以了。
因为没有必要因为不需要提前知道的答案而让自己放慢脚步。”

所谓的尊重，并不以成果来进行判断。
为了获得成果，所付出的长时间的努力才是值得尊重的。
所以，我们不会尊重那些因偶然堆积得到的成果，
或者在别人的成果上放上自己的筷子而暗自欣喜的人。

我的人生有些羞愧而尴尬。
都说走完这辈子后，
必须在天堂和地狱中选择一个。
我的人生，
要升天堂，有一些羞愧；
要下地狱，有一些委屈。

活着的时候，
在这条路和那条路的路口
一直徘徊不前的我，
死后，
可能也会因为不知道要升天堂还是下地狱
而不停地苦恼吧。

犹豫不决，
会招致天使和索命鬼的谩骂。

58

hurdle

有些人总是不守约定时间。
姗姗来迟后，他们的借口都惊人地相似：
“为什么这么堵车啊？
如果知道这么堵车，坐地铁来好了。”
明明知道答案，
却不会按照答案去做，还要不停地抱怨。

如果开车前往某个地方，
只要我不提速，
前方就一直会畅通无阻。
减缓速度，感受一下从自己身边经过的一切吧。
如果要在规定的时间里到达某个地方，
就比别人早点儿出发吧。

59

hurdle

最近出现了一种新型犯罪。
为了制作 10 韩元币值的硬币。
韩国造币公司的花费是 35 韩元。
用商品来比喻的话，
为了制作 10 韩元的商品，需要支付 3.5 倍的费用。
有人恶意利用这一点，
购买数千万枚 10 韩元硬币后将其熔化，
做成铜块之后重新出售。
可以说这是一个绝妙的主意，
也是人们完全没有想到的新型犯罪。

我们的人生就像 10 韩元硬币。
我们付出 10 韩元的努力之后，
千辛万苦得到的成果并不具有 10 韩元的价值。
这是生活教会我的亲身教训。
只有付出 35 韩元的努力，
才能得到 10 韩元的成果，
10 韩元硬币正给我们上一堂课。

"因为痛，所以是青春？"

因为衰老而出现了老花眼，只要一刮风就浑身疼痛的痛风，
就像是认识了很久的老朋友那样对我“很亲切”。
随着年龄的增加，我能罗列更多大大小小的病名。
但是我不愿向那些年轻人大喊我比他们疼痛。
有些人会说“把如此艰难的世界留给后代，向他们表示歉意”，
还有一些身患疾病的人可能会瞪着悲伤的眼睛，为年轻人们送上无语的安慰，
然而，不管怎么想，我都不知道这到底是安慰还是戏弄。
10 年前，20 年前，30 年前，甚至 100 年前，
所有的青春都激烈无比，没有任何青春是微不足道的。
正当青春，激烈地讨论人生，
青春年华，就业激烈无比，
青春年代，相爱激烈无比，
为了幸福的生活，激烈地努力着。

虽然过后才知道，我的大学时期是最激烈的时期。
当时的我并不知道自己的梦想到底是什么，
但是依然为了实现梦想而不停地画画，
一星期中，一半以上的时间都在熬夜画画。
虽然感到非常劳累，但是我从来没有感觉到辛苦、疼痛和竞争的激烈。
我只是觉得自己很幸福。
因为喜欢自己所做的事情，所以即使不知道自己为了什么而努力，也依然熬夜画画，依然幸福不已。
这不是为了就业而做的努力，也不是为了向某人展示什么而做，也没有明确的想要实现的梦想，但是那个时候的我是最积极、最幸福的。

因为青春而痛的年轻人，
在艰难的世界上艰难地生存的年轻人，
即使阅历丰富，也很难就业的人们，
我想问一问你们现在过得到底多么积极。
在那些比现在还要艰难的时代，
依然有很多人生活得很好。

我希望大家从现在开始不要再呼喊疼痛、辛苦和苦难了。
真正觉得竞争很激烈的人们，
甚至连感到疼痛、辛苦和痛苦的时间都没有。
当那所有的激烈竞争的时间都过去之后，
当内心得到安定的时候，
才会突然明白自己是多么疼痛和辛苦。
也才会明白那个时候是最幸福的瞬间，
才会不自觉地绽放出笑容。

战斗吧。
曾经的曾经，
你有没有依靠自己的力量
努力地去争取过胜利呢？
安慰，
可以在比赛结束之后，
从擂台上下来之后再倾听。

对我来说，世界就是擂台。

61

指着腐烂的东西，说已经腐烂了，
指着黑暗说，这就是黑暗，
这些谁会说不出来呢？
面对腐烂的东西，不能说它已经腐烂了，
面对黑暗，不能说这就是黑暗的大部人，
都是些一起腐烂或者同样身处黑暗中的人。
人生在世，难道还有比站在远处
对犯错的人或者集团指指点点更简单的事情吗？

我们必须要做的事情就是
收拾那些腐烂的东西，然后重新赋予它生机。
让自己变成黑暗中的一缕光，照亮黑暗。

62

hurdle

幸福不是我们的。
我所认为的幸福是“我的”。
幸福是个别的感情，
虽然这种个别的感情可能会因与别人分享的时候
暂时觉得像是“我们的幸福”，
但是幸福的本质是“个人”。
所以观察一下一个家庭的成员，
丈夫的幸福、孩子的幸福、妻子的幸福，都是个别的幸福。

身患抑郁症的主妇们，她们的共同点是她们并不懂得个人的幸福，
而是完全生活在一个名为“我们的幸福”之中。
生活在自己建造起来的篱笆中，与丈夫之间的对话渐渐减少，
长大的孩子们慢慢地离开了自己的怀抱，
名为“我们”的篱笆渐渐倒塌，
于是她们以为自己的幸福也破灭了，感受到了巨大的失落感。

所谓的“因为你幸福，所以我也幸福”是一种错误的感情。
我所了解的幸福是“因为我这样做，看到了你现在的样子，所以我很幸福”。
幸福里面，并不是不存在“我们”。
但是，真正的幸福，是不是幸福的丈夫、幸福的妻子和幸福的孩子聚在一个家庭中生活的模样呢？

我们现在要学会认可每个人的幸福，
然后要学习自己变得幸福的方法。
主妇们不能把自己所有的幸福都押在丈夫和孩子身上。
自己感受一下种花养草带来的一丝幸福，见一见以前的朋友发发牢骚，重新感受一下少女时期的幸福。
当春天来了的时候，即使没法跟家人在一起，也要独自在开满鲜花的小路中走一走，感受一下春天带来的幸福。
如果丈夫说不喜欢鲜花盛开的道路，想要躺在沙发上的话，不要强迫他，就让他躺在沙发上享受属于他自己的幸福吧。

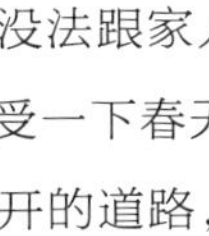

幸福的色彩各不相同。
大家相互帮助，让每个人都可以幸福，
每个人要慢慢地增加自己的幸福，
最大限度地享受自己的幸福，过上充实的生活。

虽然我们高声喊着要幸福的生活，
但是在生活中根本不考虑幸福。

如果出版本书能够拿到更多的版税，我会买一个更舒服的沙发放在客厅里。

63

hurdle

看到家庭白米饭店的牌子，
为了吃家庭白米饭，
我走进了家庭白米饭店里，
在一个只有家庭白米饭菜单的地方，
点了一份家庭白米饭。
家庭白米饭，
不管什么时候都是那么美味。
在吃家庭白米饭的时候，
我想如果每天可以在家里吃这些该多好。
我并不是一个没有家庭的人，
却不记得
何时在家里吃过家庭白米饭了。

这就是我。

64

一位曾经红极一时的 50 多岁的喜剧演员，在众多前后辈参加的聚会中，像发牢骚一样对大家说：“我的全盛时期好像已经结束了。”
听了他的话之后，一直坐在角落里静静喝酒的 1927 年出生的宋海老师大喝一声；
“还没走完人生前半场的家伙，还讨论什么全盛时期？！”

所谓的“结束”并不是别人给自己确定的，自己确定的结束才是真正的结束。
即使别人说已经结束了，但只要自己并不那么认为，只要不放弃，那么，点点星星之火可以一直存留下去。
烧光整座山的大火最初的时候并不是熊熊大火。
即使是星星之火，只要有适当的风过来，
很快就会变成任何人都无法想象的大火，让人无法控制。

It is better to burn out than fade away.

65

hurdle

我是在宪兵队服的兵役。
虽然每当我说是从宪兵队退役的，大家都会惊讶地反问，
你个子那么矮怎么会在宪兵队服役？
殊不知宪兵队里并不只有人们所熟悉的执勤兵，
也像其他部队一样，既有在行政班里服役的行政兵，
也有像我一样在调查科里服役的士兵。
只不过是负责的事务不同而已，我们都属于宪兵。
不知道其他部队是不是也这样，我在服兵役的时候，
所有士兵的枪械都整整齐齐地摆放在内务班的角落里，
那些枪都是没有装子弹的空枪，
除了进行射击训练的时候和需要进行检修，我们几乎不会碰那些枪。
众所周知，枪械在民间是很难接触到的物品，
所以很多人会购买假枪，故意在山上辛苦地跑来跑去，玩军人的游戏，
但是在军队中，由于每个内务班都有枪，
所以我们既不觉得神奇，也不可以随便拿着把玩。
我在部队里服役的时候，枪好像就是内务班里的装饰品一样，
很少有人会对枪产生特别的关心，或者特意去摸一摸。
但是，有一个人例外。

对枪械充满关心的那个人是从整备大队转来的宪兵队驾驶兵，
他的职务就是宪兵队调查科科长的驾驶兵。
在参军之前，他是一个富家子弟，
在韩国读了一段时间的大学之后去美国留学，想以此来推迟服兵役，
所以一推再推后，来到军队服兵役的时候，他已经 30 多岁了，
可以说，他是一个年老的上等兵，已婚军人。
虽然他说自己因为年纪不小才入队，所以最初的时候稍微受了一些苦，
但是由于他与同一个部队的中士年纪相当，
而且还会自费从外面购买一些东西来巴结兵长们，
因此，过了一段相对舒服的军队生活。
他在部队里做的事情只在调查科科长上下班的时候给他开车，
所以剩余的大部分之间，就像是幽灵一样在部队里晃来荡去。
他可能觉得 25 岁才来服兵役的我跟他的处境很相似，
所以只要感到无聊的时候就会来找我聊天，
谈话的大部分内容是他留学时期的经历，且基本是去沙漠射击的故事。
后来，我甚至开始怀疑他到底是经历了什么样的留学生活，
由于他总是反复不停地说同样的话，所以我都能背下来了。

虽然不知道什么原因，但是我能看出来他对枪执迷不已。
只要是无聊的时候，就会把内务班的枪拿出来，
然后一边用嘴发出“砰！砰！”的声音，
一边对着窗外树上的小鸟，做出射击的动作。
虽然他拿的是空枪，但是有时候还会吓到结束工作回到内务班的士兵们。
我也曾经被他吓到过，即使知道那是没有子弹的空枪，
也还是还会被吓到，而且心情也不是很好。
如果对他的举动发火，让他不要这样做，
他就会说：“明明就没有子弹，有什么不高兴的啊？”
他一直没有改掉这个毛病，又拿着枪玩了几次，
最终被宪兵队的大队长发现了，
直到在禁闭室被关了半个月之后才改掉了这个坏毛病。

我们所有人都是装有子弹的枪。

虽然枪会伤害人们的肉体，

但是我们所拥有的“嘴”这把枪是可以伤害人们灵魂的枪。

虽然身体上的伤口会痊愈，但是心灵的伤不是那么容易被治愈的。

在与朋友见面的时候，与陌生人见面的时候，

应该把可能会伤害别人灵魂的枪留在家里，

只要现在不是战时状况的话……

66

hurdle

☰

“你怎么能这样对我呢？”
一个人愤愤不平地对另外一个人说。
每当听到这样的话的时候，我都想对他说这样的话：
“因为，咱们是这样的关系，所以我才会这样的吧。”
不很亲密的人们
反而会讨论友情，阐述友情。

好的结果

不是仅仅依靠好的想法就能取得的。

如果靠好的想法就能取得
好的结果
谁不会那样做呢？

好的结果
需要有好的想法和
配合好想法的不断的努力。

没有付出任何努力，
只凭借好的想法
就期望得到好的结果
是不好的想法。

68

hurdle

成功（名词）：达到或实现某种价值尺度的事情或事件，从而获得预期结果。

这是成功这个词在词典中的解释。
如果问人们想要怎样的生活的话，大部分人可能会回答“想要幸福的生活”。
我也像他们一样，“为了幸福”而生活，
这应该是除了非常特别的之外其他所有人共同的希望。
如果问变得幸福的那些人，何为“成功”，
他们会回答“拥有很多金钱”“养尊处优的位置”，
或者“成为世人都认识的名人”等，也就是“社会成功”。
但是所谓的幸福既不是拥有很多金钱，也不是处于备受尊敬的位置，
或者成为世人都认识的有名人士，就可以得到的。
说不定这些都是不必要的，或者说即使是必要的，但其作用也是微乎其微。
但是，人们总是会把与词典上的意义完全不同的成功，当成变得更加幸福而需要的第一因素。

如果说小时候的理想是要成为漫画屋的主人，
每天在漫画屋里看到最新版漫画；
现在真的成了漫画屋的老板，
那么他就是实现了小时候梦想的成功人士。
与那个让自己神魂颠倒的初恋，经过艰难曲折后走进婚姻殿堂
并且有了爱情结晶，
那么这个人也实现了自己的目的，所以也是一个成功的人。
就像词典中解释的那样，
所谓的成功并不是只有那些像我们所想的丰功伟绩。
如果因小小的成功而感受到巨大的快乐，
那么就能更加轻松地实现我们人生中那个最大的目的——“幸福”。
如果只把成功解释为有别于词典中的意义的“社会成功”，
那么，他的人生将会比别人更加艰难，幸福感也会更低。

连自己的目的是什么都不清楚的成功，
是没有价值的！

69

hurdle

在美术大学读书的时候，我曾经在高中时学习画画的美术辅导班里担任过几年的讲师。
虽然现在发生了很多变化，但是当时大部分本科大学都以石膏素描和构图为主要考试内容。
想考专科学校的大部分学生都是考前临时抱佛脚的学生，因此学校也把精密素描作为主要依据选拔学生。
当时我任课的美术辅导班里，石膏素描是院长亲自授课，我教的是那些以考入专科学校为目标的学生。
虽然有些人在辅导班里学习了很长一段时间绘画，但为了考入专科学校，针对性地来学习精密素描；但也有很多学生都是从来没有接受过系统性的美术教育，在考试三四个月前才来这里学习。
虽然从根本上来看，雕塑和精密素描有很多相似的部分，但其实也有很多不同的地方。学习了很长时间雕塑的人，一开始也经常会因找不到方向而徘徊不定。
学习了很长时间的学生都如此，对那些没接受过系统美术教育、第一次学习绘画的学生们来说，这里简直就是地狱，每次来上课他们都怕得满脸煞白。

那些一脸苍白的学生，是在自己的学校里画得还不错的学生，应该会经常听到“你在美术方面有天分”这样的话，但是当他们面对与自己的想法完全不同的残酷现实时，往往会不知所措。

本来时间就不充裕，绝不能让他们这样一脸茫然地坐在画架前面发呆。

因此，我每天都给他们提供一些物体，然后像正式考试那样让他们进行精密素描。

考试结束后，我让所有的学生都聚集到一起，然后详细地解释那些画得很好的学生是哪些部分画得好，画得不好的作品到底是哪些部分尚欠缺，尽量让他们明白自己的优点和缺点。

就这样过了一个月之后，辅导班的院长在上课之前悄悄找到我，小心翼翼地对我说：

“朴老师，学生们对您有很多不满啊。”

院长的话，让我震惊不已，因为我自认为在努力地教学生，但是没想到他们对我有很多不满。

可能是这个原因，我实在无法压制心中的失落和委屈，所以不自觉地提高了声调，向院长询问原因：

“为什么？他们有什么不满呢？”

院长并没有立即回答我的问题，好像是等待着我心情平复，当他看到我摇摆不定的目光稍微稳定了一些之后，温和地回答说：

“我当然知道朴老师为什么这样教他们了，但是我作为辅导班的院长，不太方便向学生们解释。学生们的不满主要是觉得其他辅导班的老师会在纠正作品的时候一点一点地给他们解释，让他们更容易理解，但是朴老师总是在等他们全画完之后才进行说明指导，所以才会对朴老师有不满。”

院长说完这些话之后，又一边笑着一边接着说：

“甚至有几个学生来问我，朴老师是不是有真正了不起的实力，我当然是最了解朴老师的真实实力了，但是又该怎么解释呢？”

虽然那个时候的我被学生们叫作老师，但也只不过是一个刚刚 20 岁出头的年轻人，所以听了院长的话之后肯定怒气冲天了。

“既然是我的学生，我会好好解决的。而且，如果今天之后还能够听到这样的话，那么我就不再担任讲师了。”

结束了与院长的谈话之后，我照常走进了精密素描班，学生们都坐在桌子前，小心翼翼地观察着我的脸色。他们很清楚院长和我的谈话内容，以为自己的意见反映上去了，所以期待课堂上会发生一些改变。

因学生们的不信任，我稍微有些生气，但想到自己刚开始学习绘画的时候，也是对老师的授课方式有过这样那样的不满，所以还是微笑着对学生们说：

“今天也像往常一样考试，大家都把画纸拿出来吧。”

听完我的话，学生们马上开始叽叽喳喳小声议论起来，到处传来了失望和埋怨的声音。

“但是，今天我跟你们一起参加考试。之所以和你们参加同一主题的考试，就是因为你们怀疑我的实力，所以想通过考试证明一下我是不是具备了可以教你们的实力和资格。像往常一样，我给你们三个小时的考试时间，给我自己的考试时间则是一个小时。考试结束之后，你们拿着我和你们的作品，判断一下我是不具有做你们老师的资格。”

三个小时的考试在紧张的气氛中结束了。

按照约定，我在一个小时之内完成了作品。

考试结束之后，我把所有学生们的作品和自己花一个小时完成的作品都贴在了黑板上。见到我的作品后，学生们立即发出了“哇”的感叹声。

虽然听到学生们惊叹声的时候我非常骄傲，但还是用平淡的表情对学生们说：

“当你们画画受阻的时候，如果老师帮你们一一纠正的话，一定会得到比你们自己完成的作品更优秀的作品。但是，那幅作品并不是你们的作品。可是，那些得到纠正的学生总误以为那是自己画出来的。我认为你们陷入那样的错觉中，看不到自己的真实水平是非常错误的。作为你们的老师，我希望把你们打造成在没有别人帮助下也可以独自完成作品的人。”

那天以后，再也没有对院长抱怨我的授课方式的学生了，那年冬天除了一个学生之外，其他的学生全考上了志愿上的学校。

不能因会骑三轮车，就说自己会骑自行车了。

为了不让孩子摔倒，爸爸们会在后面紧紧扶着自行车，这时不能说是真的学会了骑自行车。

离开爸爸的双手，依靠自己的双脚用力地踩脚蹬，

用双手掌握平衡，慢慢地前进，不仅不会向两侧摔倒，而且可以自己确定前进的方向，这时才能说真正学会了骑自行车。

没有任何人的帮助，从自己确定的起点骑到目的地，这才是真正学会了骑自行车。这样学会骑车，在过了数年甚至数十年之后，也依然不会忘记。

70

hurdle

每当见到我的时候，他就说很羡慕我的生活，
说为什么我的运气这么好，自己的运气则这么差，
还说只要有机会肯定会轻而易举地超越我，
他没有付出任何努力，只是每次见面的时候唠叨不停。
每当这个时候，我会站在离他 100 步远的地方，用双手在嘴边围成喇叭状，大声朝他喊道：
“能听到我的声音吗？”
看到我的举动后，他一脸惊讶地回答：
“嗯，能够听到。但是，你有什么事吗？”
然后我再后退 50 步，重新在嘴边围成喇叭状大声喊：

“现在呢？”

虽然因我突如其来的举动有些不耐烦，但因为好奇他还是回答了我的问题：

“嗯，虽然有些模糊不清，但还是能够听到，你到底怎么啦？”

我最后把手放在嘴边，依然围成喇叭状，朝着他大声喊一句：

“这就是你和我之间的合理差距。”

71

hurdle

没必要满脸通红、不停地追究。
与其大声发火，
不如安静地闭上嘴，
露出微笑。
这会让对方露出惶恐的脸，
即使不用太冗长的解释，
也完全可以取得成功。

佛祖只是
面带微笑地静静地坐着
就可以让面前的我们自觉地
坦白自己的罪过，真心悔过。

微笑吧，
就像佛祖的微笑那样。

72

hurdle

那天，我在举办签售会。

当我给大家签名的时候，站在旁边的一位阿姨突然兴奋地喊起来，

说我的字迹很漂亮。然后瞪着闪闪发光的眼睛，

问我手里的笔是什么品牌，在哪里能购买。

“这是艺术笔，去画室可以买到。”

听了我的回答之后，阿姨又问了一个问题：

“只要有这支笔的话，笔迹就会像老师您的一样漂亮吗？”

虽然大妈的问题让我有些尴尬，

但我犹豫了一会儿后依然回答说“应该会吧”。

大妈可能是想记住笔的名字，

所以不停地嘟囔着“艺术笔、艺术笔、艺术笔”向门口走去。

虽然我边微笑着边看着大妈，

但其实心里在向她提问：

“如果让您拿着李承烨的棒球棒，您会像李承烨一样打出漂亮的本垒打吗？”

虽然“说不定能侥幸打出了本垒打”
这样的答案在我的脑海中盘旋，
但那真的只能是侥幸。
侥幸是不可能反复多次的。
仅仅成功一次、两次都只能算是侥幸。
想要成为达人，必须要经过长期的努力。

首先要付出努力，
其次才是找到适合自己的工具。

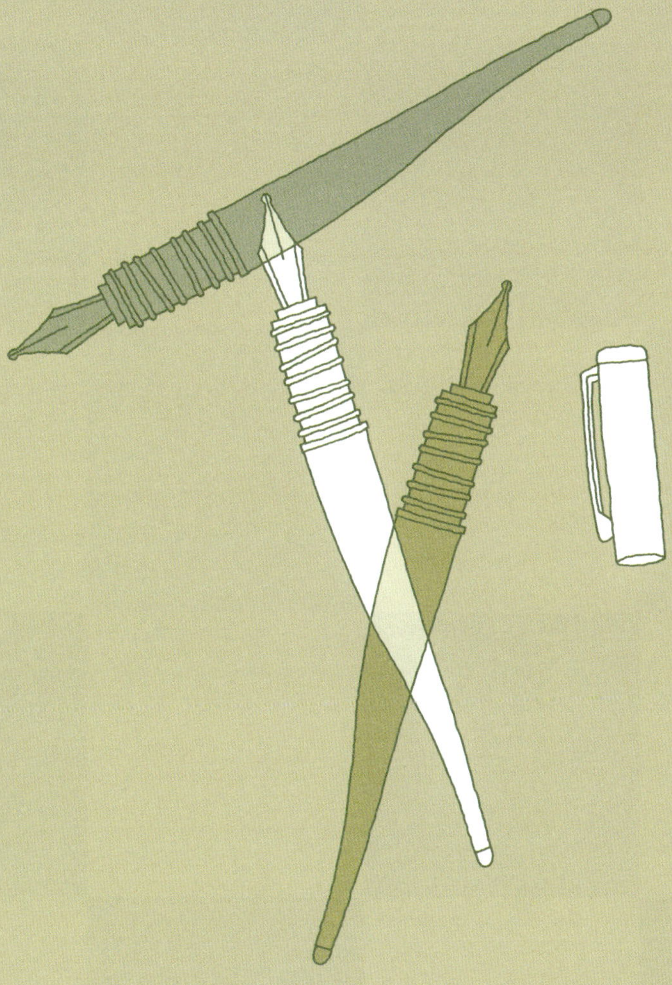

今天晴

晴

一

73

hurdle

如果没有办法成为第一名，成为第二名也没关系。
如果没有办法成为第二名，成为第三名也没关系。
如果没有办法成为第三名，成为第四名也没关系。
如果没有办法成为第四名，成为第五名也没关系。
如果没有办法成为第五名，成为第六名也没关系。
如果没有办法成为第六名，成为第七名也没关系。

即使不是第一名，不是第二名，即使是倒数第一名又如何？
即使是第一名、第二名、第三名，
如果不能感到幸福的话，
幸福的倒数第一名更好。

74

hurdle

有一些人
总是在期望
幸运或者幸福能够主动找到自己。
但是在这个世界上流浪
在这个世界上生活了 47 年之后
我终于明白
幸运和幸福的日子
不会像毫无缘由地飞进我院子里的
青鸟那样
主动飞进我的生活。
幸运和幸福的日子
是那些期望着幸运和幸福的人
主动创造出来的。

我竟然
连这一点都不知道
等待了如此漫长的时间。

75

hurdle

一位熟人在瑞草洞的一家海鲜酒馆里，
喝了不少的药酒，有些醉醺醺的了。
站在门口摆放的众多鞋子中，他怎么也找不到自己的鞋子，
所以跟酒馆老板争论不休。
实在不知道该怎么办的老板，用双手围成喇叭状，
大声向饭店里正用餐的客人们喊道：
“各位客人，很抱歉打扰大家用餐，
我身边的这位绅士好像喝多了，所以找不到自己的鞋子了。
虽然有些对不起大家，还是希望各位能够穿上自己的鞋子到外面来！”

虽然是让人很厌烦的一种情况，
但是大家还是一边大笑着一边穿上自己的鞋子走到了酒馆的外面。
等到饭店里的所有人都走到酒馆外面之后，
熟人千辛万苦也没找到的自己那双鞋子终于显露出来。

站在饭店外面兴致勃勃地看着这一切的客人们，
就好像是找到了自己的鞋子一样为他高兴，
后来听说当时高涨的兴致让那一天酒馆的销售额增加了不少。

我从这一双皮鞋中明白，
一个人很难完成的事情，
如果人们能够提供帮助，
就会变成一件愉快而简单的事情。

76

hurdle

一个深夜，我从公交车上走下来，

在那条通往家的熟悉的小胡同里走着走着，突然驻足停住了。

让我停住脚步的是弥漫在整个胡同里的花香。

这是我每天的必经之路，但是我不记得曾经见过什么花树。

我为了找到花香的源头，不停地四下环顾着，

最终发现了紧贴在胡同内墙盛开着鲜花的花树。

那是一棵用花香来和匆匆赶路的我交流的树。

望着这一棵树，我突然产生了想变成它的冲动。

不要用吵闹的声音或者手势，

让某个人停下匆忙的脚步；

而是用自己的香气让他主动停下来。

我想成为那样的人。

为了让不再年轻的我
在看待别人的时候
不要用太尖锐的视线，
所以上帝送给我
一双老花眼。

78

hurdle

张东民曾经在一个娱乐节目中说自己是一个“生来就会发脾气的人”，
他还说金九拉的怒火是“从逻辑中产生的火气”，
而朴明秀则是一个“被设定为发火角色的人”。

人生在世，会遇到很多不顺心的事情，
也会有很多让人发火的时刻。
我也属于经常会发火的人，如果非要从他们三个人中找出我的类型，
我应该比较接近于张东民这一类人。
我的内心深处隐藏着很多会爆发的东西，
而且我也没有办法控制。
最近，我已经比以前改变了不少，
所以偶尔还能从身边的人那里听到称赞，
但是并没有完全丢掉以前的坏毛病，偶尔还是会有压制不住怒火的时候。
爱发火的人的一般特征是，
如果他们不能向给自己带来不快感的人表达出相应的愤怒，
就觉得自己像输给了对方一样。
所以，他们不会忍着，直接把火发出来，

因为这样做，可以让自己产生自己赢了的错觉。
直到黄土埋到半截身子时，我才明白，
发火并不能战胜对方，
也不会向自己所期盼的那样，让事情得到圆满的整理和解决，
反而会出现不少相反的情况。
没有忍住胸中之惑，全发泄出来的那一天，
即使回到家里，也会一直觉得浑身不舒服，
过了一天，
直到第二天才对没有忍住火气而产生了自责和挫败感。

如果你是正确的，就没有发火的必要；
如果你是错误的，更没有发火的资格。

这是甘地说过的一句话。
这句话需要深深地印在我们的心里，
每当发生让你发火的事情时，
拿出来看一看也是很不错的。

79

hurdle

一位因不了解女人的心而一直被女人痛骂的、委屈的男人，
向一直被女人包围着、享受着至高待遇的花花公子问道，怎样才能获得女人的芳心？

“如果不能解决那个哭泣的女人哭泣的事情，
就不要进行任何安慰。
只是静静地坐在她身边，认真地倾听她说的话。
当她说完之后，只需要给她一个微笑，
然后轻轻地、长时间地抱抱她。
怎么样，是不是很简单啊？”

80

hurdle

因为不想看到蓬乱疯长的胡子，

我站在洗手间的镜子前面，竭尽全力地刮着胡子。

在挤出适量的剃须泡沫后，均匀地涂抹在所有胡子上面。

因为我的剃须刀是非常锋利的、性能很高的四重剃须刀片，

所以只要剃须刀“嗖嗖”经过的地方，

所有的胡子看上去就像是被剃得干干净净，

但是如果用手摸一摸，还是能够摸到很短的胡楂儿。

从那个时候开始，我不再依赖眼睛，而是依赖手的触觉。

用手轻轻摸一摸剃须刀经过的地方，然后确认一下是不是刮干净了。

就这样经过认真的处理之后，最后还得用手来确认。

慢慢地用指尖触摸曾经长胡子的地方，然后确定是不是刮干净了。

很多时候，完成细腻的工作的最终步骤正是指尖。
那些用肉眼看起来还可以的东西，
如果用指尖去感受一下结果又是不一样的。
世界上的大部分伟大的事物都是从某个人的指尖诞生的，
能够抚慰受伤的内心的，也正是指尖。
妈妈也是用两只手抱着我，一只手轻轻地放在我的后背上，
然后用另一只手轻轻地拍着我的后背，
用指尖温柔地说：“没关系，都没关系！”
因为离得近，我们觉得自己很很了解对方的内心，
但是如果用指尖轻轻抚摩，就会发现其中的不同。
不要太相信或者太依赖眼睛所看到的一切，
因为大部分的真相，
与眼睛所看到的大相径庭。

81

hurdle

从孩提时代到一直到成家立业，
妈妈不仅会把我的外衣熨烫得平平整整，
而且还会把内衣都熨烫得平平整整。
“儿子啊，男人不仅要外表端正，内在也要平整。
你一定要端正地生活。
不要给别人造成麻烦，一定要端正地生活。”
现在因身体不适而躺在医院里的妈妈，
虽然不能再帮我熨烫内衣和外衣了，
但是她所说过的话一直在我耳边盘旋。
但是，与妈妈的期待相反，我从小就是一个小淘气，
一点儿都不懂事，经常让妈妈叫到学校里去，让爸爸到警察局报到。
每当这些事情被哥哥们知道的时候，就是我的倒霉日，
浑身青一块紫一块的我，就会蹲在房间的角落里，哭得两眼通红。
妈妈总是会在这个时候走到我的面前，
轻轻地拥抱我，一边拍打我的后背一边温柔地说：
“没关系，没关系！我的儿子一定会成为一个善良而又行为端正的人。”

我总是不停地惹出事端，

妈妈也总是不停地拥抱我。

每当她拥抱我的时候，

妈妈总是像念咒语那样对我说“没关系，没关系”。

妈妈用温暖的内心拥抱着我，

把那些像皱纹一样留在我心中的事情一件件展平。

我静静望着躺在医院里的妈妈的脸，

她的脸上布满了像迷宫一样的皱纹。

凝视着这些皱纹，

我突然觉得是不是那些原本会成为我人生中的一道道皱纹，

被妈妈展平，然后都带到自己的脸上了呢？

82

如果你向一位朋友
借铅笔，
坏朋友
因担心铅笔会磨损
犹豫要不要借给你；
好朋友
会把铅笔和橡皮
一起借给你。

83

hurdle

堵上耳朵，闭上眼睛，把身体蜷缩起来，
就连敞开的心扉也慢慢关上。
我就是这样，慢慢地把你能够走进来的门和窗户都关上了，
然后把自己关在了没有一丝光芒的名为“我”的房间里。
因为害怕被你发现，在如此密闭的房间里，安静地蜷坐在角落里。
漆黑也只是暂时的，当眼睛熟悉了黑暗之后，
我才发现，你也像我一样蜷缩在我的对面，静静地望着我。
在那间认为任何人都进不来的名为“我”的房间里，
你安静地坐在里面，
就在我把自己关起来的时候。

84

hurdle

有一对年轻的夫妻来找我咨询。

我不具备给世界上的任何一对夫妻提建议的资格，

也没有那样的能力，但是他们依然向我吐露了自己的苦恼：

“我们是一对已结婚 7 年了的夫妻。

作为丈夫，我努力地在外面赚钱养家，

而我的妻子则在家里做着各种各样的家务活。

不仅会为我准备一日三餐，而且还会为我准备第二天可以穿出门的熨烫得平平整整的西装。

虽然我们都很清楚双方的辛苦，但是我们之间的关系并不好。

我们两个人认真思考过关系不好的原因，

后来发现我们并不懂得相互尊重，也不懂得相互感谢。

我们两个人怎样才能在相互感激的同时幸福地生活呢？”

他们向离过婚的我问了这样一个问题。

苦恼了一会儿之后，我用自己的方式回答了他们的问题：

“你们两个人玩一玩麻将吧，每天抽出两个小时时间来玩麻将。每当对方出了自己想要的那张牌的时候，向对方大喊‘Thank you’，然后把那张牌拿走。你们可以这样不停地喊着‘Thank you’，然后培养起一颗感恩的心。”

即使是关系非常不好的夫妻，

如果每天都能够抽出两个小时一起玩一种游戏的话，

不管是什么种类的游戏，不需要太长的时间，

关系就会恢复得非常好。

如果想要一起度过漫长的岁月，

最好还是培养一个相同的兴趣爱好。

85

hurdle

我非常喜欢的大哥，同时也是我所属棒球队“提心吊胆队”的精神支柱——郑宝石大哥，在新年的时候把不知道从哪里听来的故事讲给了我。

《纯粹和纯真的差异》

有两个干净透明的杯子。

其中一个杯子里装着干净的水，另一个杯子是空的。

第一个杯子是“纯粹”，第二个杯子是“纯真”。

所谓的纯粹指的是已经被水填满了，没有放进别的东西的空间了，所以干干净净；

纯真指的是因为还空着，所以既可以装像纯粹一样的清水，也可以装脏水。

有人问“纯粹”和“纯真”的差异。

“纯粹”在词典上的意义是“不掺杂其他成分的；无掺合物的；不含添加、替代或异质物质的”“没有私人欲望或者坏想法”。

“纯真”在词典上的意义是“纯洁、天真、不做作”“不了解人情世故，憨直”。

这两个杯子，会让我们思考人生的意义。
在现实生活中，我们听到的“纯真”多含有“愚蠢”的意思。
与此相反，“纯粹”多表示有自己的信念、明确的主观，没有被世俗污染。
“纯真”似乎在小时候才是褒义词。
如果长大成人后，还依然很纯真的话，就是不了解世界的无知的人。
与此相反，纯粹却是任何人都可以拥有的。
有的人即使年纪大了也依然纯粹。
纯粹的人不会撒谎。
纯粹的人会对自己说过的话负责。
纯粹的人有明确的主见。
纯粹的人不管在什么情况下都不会动摇。
纯粹的人不会伤害别人。

纯粹的人拥有谦虚的美德。

纯粹的人虽然会原谅别人的错误，但是对自己非常严格。

想要纯粹的生活并不是一件容易的事情。

但是，如果努力地养成良好习惯，是可以变得纯粹的。

希望真正纯粹的人、在任何人眼中都觉得很美丽的人越来越多。

希望可以过上任何人都觉得美好、没有负担、热爱纯粹的人生。

86

hurdle

拥有一大片玉米地的农场主，膝下无儿无女。
所以，农场主向在自己的农场里干活的那些年轻人说，
他决定把自己的玉米地交给在比赛中获得第一名的人。
他提出的比赛规则非常简单。
从玉米地里穿过，能够摘到最大玉米的人就是第一名。
在通过玉米地的过程中，不允许转回头去摘已经错过的玉米，玉米只能摘一次。

一个年轻人瞪大眼睛，似慢而快地在玉米地里左右张望，向前方走去。
当走过了玉米地的 1/5 左右的时候，一个很大的玉米映入他的眼帘。
他停下匆忙的脚步，然后用手抓住了那个玉米。
但是，就在他要摘那个玉米的时候他又突然停了下来，
因为他想起了“只能摘一次”的规则。
他暂时陷入了苦恼中。

“现在只不过走过了 1/5 而已，如果现在就把这个玉米摘了，
以后再看到比这个大的玉米的话怎么办啊？”
他经过再三思考，带着前方肯定会有更大玉米的期待，
决定放弃这次发现的大玉米，然后继续向前走去。
他的判断是正确的。没走多久，他就看到了比刚才更大的玉米。
他带着高兴的心情正要摘玉米，但是又陷入了和像刚才一样的苦恼中。
“刚才看到的玉米已经很大了，但是现在看到的这个玉米更大啊。如果再继续向前走，是不是会遇到更大的玉米呢？”
他带着前面一定会有更大玉米的确信，放弃了这个玉米，继续向前走去。
就这样，他不断地寻找着更大的玉米，
不知不觉走到了玉米地的尽头，
直到这个时候，他才知道自己第二次发现的那个玉米是最大的。
但是，他已经错过了那个玉米，失望的他觉得现在不管摘那个玉米都已经没有意义了，所以就空着手走出了玉米地。
他走到玉米地外面之后发现，

其他人的手里都拿着一个玉米。
裁判员农场主把他们摘来的玉米全都堆放在一起，
然后开始测量玉米的大小。
那个空手而归的年轻人想要看被评为第一名的玉米到底有多大，
所以静静地站在一边。
最后他发现被评为第一名的玉米，
比他第一次看到的玉米还要小很多。
他哪怕是把第一次看到的玉米拿来，也会成为这一群人中的佼佼者。

人生在世，任何人都会遇到一两次机会。
有些人会很不珍惜面前的机会以至于错过机会；
有的人却会看重任何一个很小的机会，
然后把每个小机会变成大机会。
所有的因缘、所有的事情中，没有一件事情是卑微的。

世界上最大的防空洞，
也从一个非常小的入口进入。

87

hurdle

1974年，

白南准正在准备一个

名为“TV 花园”的作品。

绵绵细雨下了一整夜，

直到第二天凌晨才停。

正站在窗口的白南准，

一边望着天空中的月光，

一边说了下面的一句话：

“原来月光才是高级艺术，

而我的视频作品只是低级艺术而已。”

我们口中的那些

伟大的艺术品

都不可能比自然更加美丽。

88

hurdle

每当与异性相爱的时候，
我都会为区分自己所感受到的感情到底是性欲，
还是真正的爱而不停地努力。

每当想要完成某件事情而需要勇气的时候，
我都会为区分这到底是需要我勇气的伟大决定，还是自己的欲望而不停地努力。

因为我再也不想为了性欲而浪费精力了，
也不想为了我的欲望而浪费热情了。
因为贵重的感情都是应该被珍惜的。

89

hurdle

如果能够制定如下法律就好了。

让喝醉酒的人能够尽快回家的法律。

让那些来参加志愿活动的人不能拍照认证的法律。

让那些富有的人不能在自己的朋友面前炫耀的法律。

让上班族可以在下班 5 分钟之前开始做下班准备的法律。

让年幼的孩子们不会挨饿的法律。

让穿着热裤的女子偶像组合

不能在棒球比赛前开球的法律。

让老歌手们不能在“7080 演唱会”节目中

发表新歌的法律。

如果能够制定这样的法律

来代替世界上那些可有可无的法律，

这个世界将会成为更加幸福的世界。

90

hurdle

1940年，出生于开城的黄安娜老师在从事了很长时间的教职后，离退休还有7年的时候选择提前内退，打算开启自己的第二人生。
她要的第二次人生就是成为“徒步旅行家”，
然后以旅行经验为基础，出版自己的书。
人生第二幕的开端并不那么轻松，
由于很长时间不运动了，
所以，开始在小区里散步都觉得很累。

但是，她并没有放弃，
在退休之后的3年的时间里，走遍了附近所有的山。
而且还在大部分人都会放弃爬山的60岁的年纪加入了登山俱乐部，开始享受韩国的大好山川。
在爬山的过程中，她体力渐渐好起来，
对自己的体力有了信心的黄安娜老师在65岁的时候完成了800千米的横穿国土之旅，
在67岁的时候独自一人完成了4200千米的环绕韩国海岸线之旅。
之后，她先后去过圣地亚哥、尼泊尔、蒙古、不丹、冰岛、西西里岛等50多个国家和地区。

而且在 66 岁的时候出版了名为《我的年龄又如何？》的书，
实现了自己的作家梦；
在 72 岁的时候出版的《妈妈，我还会再来》并在 4 个国家翻译出版，
而且还成为中国台湾地区文学类的畅销冠军。
现在，她已经 75 岁了，
但依然享受着登山的快乐，享受着了不起的第二次人生。

在登山过程中遇到的那些人，总是会瞪着惊讶的眼睛问她：
“为什么在这个年纪里还能完成如此险峻的智异山攀登呢？”
每当有这样的提问时，她都会回答道：
“我的年纪已经很大了，也浑身疼痛，一不小心就会腰疼，尾骨也会疼。
即使如此，我依然会继续上路。
因为身体不舒服，脚步会变得缓慢而沉重，
但是只要慢慢地一步一步地坚持下去的话，
就会发现像魔法一样已经到达了目的地。”

今天的标签：
缓慢地 # 慢慢地 # 魔法 # 目的地 # 成功

"各位毕业生，你们做到了。还有，你们完蛋了。"

这是在纽约麦迪逊广场花园举办的纽约大学 Tisch 艺术学院毕业典礼上，来做祝贺演讲的演员罗伯特·德尼罗说的第一句话。

"医学院、牙科学院、商学院的毕业生们，你们在毕业的同时就会找到工作。教师的年薪虽然很低，但是也算是找到了工作。但是，学习艺术的你们呢？我很好奇你们是不是也能顺利地找到工作。你们全是在学校里只得 A 的优等生吗？如果是这样的话，以后将不会再发生同样的事情了。一扇全新的大门正在等着你们，那扇门就是所谓的'一辈子遭受挫折'的门。"学生们听了德尼罗的话之后，有的欢呼，有的尖叫，德洛尼示意学生们安静下来之后接着说：

"虽然大家可能会收到一件背后写着'拒绝'这个单词的 T 恤，但是在 T 恤的前面却写着'下一次（Next）'。即使这次没有得到自己想要的角色，也依然期待着下次或者下下次的机会。你们一定要时刻牢记'下一次'这个单词，而且即使失败了也不要把所有的错误都看作自己的责任。你们将会依靠自己的演技得到世人的评价，如果能够扮演好自己扮演的角色，就足够了。"

我们只依靠自己的力量
是不可能改变世界的。
但是我们
可以改变
自己。

这就是我所认为的
改变世界的
开端。

93

hurdle

一个电视节目中，正在采访饲养数十万只鸡，并且凭借养鸡业取得巨大成功的一个人。

“为了这一项事业，我可以说是尝遍了所有的鸡饲料。”

虽然我认可这位为了养鸡事业而付出的辛勤努力和无比的热情，

但是在听完他的话后，还是忍不住扑哧笑了出来，而且产生了一个疑问：

他为什么要尝鸡饲料呢？

难道他认为自己的口味和鸡的口味是相同的吗？

难道他觉得自己觉得好吃的饲料，鸡也会喜欢吗？

虽然我承认吃饲料的热情是让他取得养鸡业成功的部分原因，

但是因上面罗列的几个疑问，我还是忍不住想笑，

而且这些疑问，也意外让我想起了我的孩子们。

我是不是也正用我的口味来对待自己的孩子们呢?
是不是因为自己觉得好吃，就相信孩子也觉得好吃的毫无根据的确信，强迫孩子们走上了与自己的意愿相反的方向呢?
是不是也有人边看着我的模样，边像现在的我一样哈哈大笑呢?
想到这里，我浑身起了一层鸡皮疙瘩。
于是，我觉得应该像养鸡场主人给小鸡喂食时的初衷那样，去对待自己的孩子。

只是希望孩子们能够
健康快乐地成长，
这就是我唯一的期望。

94

hurdle

那些想要造一艘船
去海上航行的傻瓜们
让人们先准备木材，
然后打造船的各个部分，
经过漫长的时间和努力
以及不停地说明为什么要造船，
然后才能造出船舶。

但是那些聪明人
会先把人们聚集在一起，
不是讲解造船的方法和理由
而是让人们对宽广无边的大海
产生憧憬和向往。

向着更宽广的世界航行的船
并不是用木头制作而成，
而是用梦想打造。

95

hurdle

下雨了就下雨了。
下雪了就下雪了。

我们总是执着于
那些不需要提前知道的事情。
人生在世
有很多即使不想知道
也会在不知不觉中知道的事情。
如果具备在豪雨和风雪中
依然能勇往直前的信心，
明天的天气什么的
根本就不重要。

其实，最为关键的
是和天气毫不相关的内心。
是要义无反顾的
我们的内心而已。

96

hurdle

妈妈患上老年痴呆之后，在诸多方面我都感到很伤心，
但虽然有些不孝，最让我感到伤心的是再也吃不到妈妈做的饭了。
在真的非常非常想吃妈妈做的食物的那一天，
我尝试做一做妈妈做过的食物。
以前只煮过方便面的我，在犹豫了很久之后，
最终还是下定决心把自己心中的抱负付诸实践。
我挑战的第一种食物是“萝卜咸菜”。
虽然这是每个饭店都会端出来的小咸菜，
但是妈妈做的萝卜咸菜与饭店里的完全不同，
所以是我非常怀念的妈妈牌食物之一。
我从家附近的超市里买了两个萝卜，洗干净之后切成萝卜条。
因为曾经见过几次妈妈腌制萝卜咸菜的过程，
所以觉得“应该是这样做的吧”。
我一边回想着一边做，
切好的萝卜条散发出阵阵清香，
让我觉得制作食物，并不完全是非常痛苦的过程。
下一步只能靠着记忆去做了，
用粗盐把萝卜条里的水分去除之后，
加入了大量的辣椒面和蒜泥。
搅拌均匀之后，萝卜条被染成了漂亮的红色。

然后重新认真回想着过程，突然想起没有添加鳀鱼酱。
加完适量的鳀鱼酱后，为了增加甜味又添加了一些白糖和梅子汁。
然后又切了一些小葱和洋葱放进去，重新搅拌均匀。
在室温中放置一天半之后，我尝了一口，眼泪瞬间流了下来。
因为味道虽然与妈妈做的有些不一样，但已接近 70%。
那个味道就是跟妈妈一起去市场的时候，
为了不走失，紧紧地抓着妈妈裙子走路的味道。
“原来我的舌头还记得当时的味道啊！”
想到这里，突然对我这个口无遮拦让人讨厌的舌头，
顿时产生了感激和自豪感。
让我倍感思念的味道，
其引导者就是长时间被妈妈的食物养起来的舌头。
我就这样完成了第一次挑战，
经过三次挑战之后，
我终于做出了与妈妈做的味道相似度高达 90% 的萝卜咸菜。
百分百相同是不可能的，
但是我觉得“能达到这个程度已经很不错了”。
从那以后，制作食物就成了我的全新才能。

朋友们来我家玩的时候，我会做一些泡菜汤、大酱汤来招待客人，
尝了一口之后，他们一定会惊讶地问是谁做的。
每当这个时候我都会微笑着，开玩笑似的说：
“我的身体里面住着一位乡村的老奶奶。”
到目前为止，我已经做过豆渣汤、酱牛肉、青花鱼酱萝卜等众多食物了。
作为男人，做料理时我所感受到的就是——“比想象中要简单”。

别说男人，就连很多女人只要一想到“要做饭了”，
就会产生一种茫然的感觉。
其实，我在亲自做饭之前也有着跟他们一样的想法。
但是，现在做饭之前，我会闭上眼睛，静静地在脑海中想象一下要做的食物。
回想一下那些回味无穷的瞬间。
例如要做“腌黄瓜”的时候，我先闭上眼睛，
这时最先浮现在脑海中的就是腌黄瓜的爽脆。
然后是从调料中感受到的辣椒粉的辣味，
从醋中感受到的酸爽，

从舌头最里面感受到的白糖的甜味，
只要有这些就能完成制作腌黄瓜的基础菜谱。
剩下的部分就交给每个人的创意了。

以我为例，我会在里面添加一些切碎的葱和食盐，
尝一尝味道之后觉得还缺点儿什么，就加一点儿辣椒酱，
或者加一点儿其他的东西，慢慢地补充其中所缺的味道。
最终完成的食物味道，会因每个人添加的食材的不同而有很大的差异。
虽然美味不美味以及什么味道，是做食物的时候最重要的部分，
但好像也没有那么重要。
虽然发挥着想象力制作出来的食物大部分的时候是好吃的，
但是也有不如意的时候，
每当这个时候，“我成功了”的满足感能补足味道的欠缺了。

活到现在，我发现人生其实和做食物没有太大的区别。
只要确定好菜谱，剩下的就是慢慢地消除恐惧，
一点点品尝咸淡，一点点添加不足的味道就可以了。
就像没有一下子就能完成的食物那样，
也没有一下子完成的人生。
我们最需要改变的就是认为“我做不了食物”，然后不去挑战的态度。
像这样一直放弃挑战，你的人生只剩下不符合你口味的食物。
这样的食物，只是想一想就觉得非常可怕吧。
在你的人生道路中，不管加入什么材料，都由你来主宰。
虽然暂时不好吃，
但为了把你的人生变得有滋有味，需要慢慢地搅拌。
搅拌，不停地搅拌。